LE DIEU FOU

ŒUVRES DE MICHAEL MOORCOCK
DANS PRESSES POCKET

LE NAVIRE DES GLACES
LE CAVALIER CHAOS (Le Grand Temple de la S.-F.)

L'HYPERCYCLE DU MULTIVERS

I. LE CYCLE D'ELRIC

1. ELRIC DES DRAGONS
2. LA FORTERESSE DE LA PERLE
3. LE NAVIGATEUR SUR LES MERS DU DESTIN
4. ELRIC LE NÉCROMANCIEN
5. LA SORCIÈRE DORMANTE
6. L'ÉPÉE NOIRE
7. STORMBRINGER

II. LA LÉGENDE DE HAWKMOON

1. LE JOYAU NOIR
2. LE DIEU FOU
3. L'ÉPÉE DE L'AURORE
4. LE SECRET DES RUNES
5. LE COMTE AIRAIN
6. LE CHAMPION DE GARATHORM
7. LA QUÊTE DE TANELORN

III. LA QUÊTE D'EREKOSË

1. LE CHAMPION ÉTERNEL
2. LES GUERRIERS D'ARGENT
3. LE DRAGON DE L'ÉPÉE

IV. LES LIVRES DE CORUM

1. LE CHEVALIER DES ÉPÉES
2. LA REINE DES ÉPÉES
3. LE ROI DES ÉPÉES
4. LA LANCE ET LE TAUREAU
5. LE CHÊNE ET LE BÉLIER (juin 1993)
6. LE GLAIVE ET L'ÉTALON (sept. 1993)

SCIENCE-FICTION

Collection dirigée par Jacques Goimard

MICHAEL MOORCOCK

LA LÉGENDE DE HAWKMOON

LE DIEU FOU

Traduit de l'anglais par
Jacques Guiod

PRESSES POCKET

ISBN 2-266-02291-1

LIVRE PREMIER

Nous savons à présent comment Dorian Hawkmoon, dernier duc de Köln, est parvenu à se débarrasser de puissant Joyau Noir et à empêcher la cité de Hamadan d'être conquise par le Ténébreux Empire de Granbretanne. Après avoir défait son ennemi juré, le Baron Meliadus, Hawkmoon repartit vers l'Ouest et la Kamarg où l'attendait sa promise Yisselda, fille du Comte Airain. Escorté de son fidèle compagnon Oladahn, homme sauvage venu des Montagnes Bulgares, Hawkmoon quitta la Perse et se dirigea vers la Mer de Chypre et le port de Tarabulus où ils espéraient trouver un navire capable de les ramener en Kamarg. Mais ils se perdirent dans le Désert de Syrie et furent bien près de mourir de soif et d'épuisement ; ce fut alors qu'ils virent les ruines paisibles de Soryandum s'étendre au pied d'une rangée de collines sur les flancs desquelles paissaient des troupeaux de moutons sauvages...

Pendant ce temps, en Europe, le Ténébreux

Empire étendait toujours plus loin sa terrible domination et, loin de là, le Bâton Runique vibrait et exerçait son influence sur des milliers de kilomètres, afin d'infléchir les destinées de quelques âmes humaines d'ambitions et de caractères bien différents...

— Haute Histoire du Bâton Runique —

CHAPITRE I

SORYANDUM

La ville était ancienne et souillée par les siècles. Ses pierres étaient déchirées par les vents et ses briques branlantes ; les murailles s'écroulaient et les tours vacillaient. Des moutons sauvages paissaient entre les dalles craquelées qui recouvraient le sol tandis que des oiseaux aux couleurs chatoyantes nichaient dans les colonnes aux mosaïques ternies. Jadis, cette ville avait été splendide et terrible ; elle était à présent belle et tranquille. Les deux voyageurs arrivèrent dans la brume légère du matin et un vent de mélancolie dispersa le silence de ces rues séculaires. Les sabots des chevaux faisaient un bruit feutré tandis que les voyageurs avançaient entre des tours verdies par les années ou passaient à côté de ruines couvertes de fleurs pourpres, orange et ocre. C'était bien là Soryandum, la cité abandonnée par ses habitants.

La poussière qui les entourait avait enlevé toute couleur aux chevaux et à leurs cavaliers, les faisant ressembler à des statues vivantes. Ils avançaient avec lenteur et contemplaient avec admiration les merveilles de la ville morte.

Le premier homme était grand et mince ; il était épuisé mais marchait pourtant avec toute la grâce du cavalier aguerri. Ses longs cheveux blonds avaient été blanchis par le soleil et ses yeux bleu pâle jetaient des lueurs de folie. Pourtant, ce qu'il y avait de plus remarquable en lui était le sinistre joyau noir enfoncé dans son front, stigmate qu'il devait aux pervers agissements des sorciers-savants de Granbretanne. Il s'appelait Dorian Hawkmoon, Duc von Köln, et avait été chassé de la terre de ses ancêtres par les conquérants du Ténébreux Empire, une puissance formidable qui semblait vouloir gouverner le monde entier. Oui, Dorian Hawkmoon avait juré de se venger de la nation la plus puissante ayant jamais existé sur cette planète déchirée par la guerre.

La créature qui accompagnait Hawkmoon portait un grand arc d'os et un carquois de flèches qui lui pendaient dans le dos. Il n'avait pour tout vêtement qu'une paire de braies et des bottes de cuir souple ; mais son corps tout entier, visage compris, était recouvert d'un épais poil roux. Sa tête arrivait à la hauteur de l'épaule de Hawkmoon et il s'appelait Oladahn, rejeton d'un sorcier et d'une géante des Montagnes Bulgares.

Oladahn épousseta le sable de sa toison et eut l'air perplexe :

— Je n'ai jamais vu une ville aussi belle. Pourquoi est-elle abandonnée ? Qui donc pourrait quitter un tel endroit ?

Hawkmoon caressa le sombre joyau qui ornait son front, geste familier indiquant son étonnement :

— La maladie, peut-être — qui sait ? Dans ce cas, espérons qu'il ne reste pas de traces. J'y réfléchirai plus tard. Je suis persuadé d'avoir entendu de l'eau couler quelque part — c'est là mon premier souci. Mon second, c'est la nourriture et mon troisième, le sommeil. J'en ai aussi un quatrième, ami Oladahn, un souvenir bien lointain...

Ils trouvèrent sur l'une des places de la ville un mur gris bleuté qui avait été orné de sculptures aux formes agréables. Des yeux d'une de ces vierges de pierre tombait une eau pure qui rebondissait dans un bassin creusé à cet effet. Hawkmoon se pencha pour boire puis passa ses mains humides sur son visage sali par la poussière. Il céda ensuite la place à Oladahn et amena les chevaux afin qu'ils se désaltèrent.

Hawkmoon ouvrit l'un des sacs et en sortit la carte craquelée qui lui avait été donnée à Hamadan. Son doigt se promena avant de s'immobiliser sur le mot « Soryandum ». Soulagé, il se mit à sourire :

— Nous ne sommes pas très éloignés de la route que nous souhaitions prendre, dit-il. L'Euphrate coule derrière ces collines ; plus loin encore, à une semaine de marche, se trouve le port de Tarabulus. Nous resterons ici jusqu'à demain matin puis reprendrons la route. Reposés, nous voyagerons plus rapidement.

Oladahn sourit :

— Oui, et je me doute bien que nous explorerons cette ville avant notre départ. — Il jeta de l'eau sur sa toison puis se pencha pour ramasser son arc et ses flèches. — Quant à votre seconde préoccupation, trouver de la nourriture, cela ne sera pas très long. J'ai vu un bélier sauvage le long de ces collines. Ce soir, nous mangerons du mouton rôti.

Il monta en selle puis s'éloigna vers les anciennes portes de la ville. Hawkmoon se débarrassa de ses vêtements et plongea ses mains dans l'eau froide de la source, puis hoqueta de plaisir quand l'eau se répandit sur sa tête et sur son corps. Il prit ensuite des habits propres dans une sacoche et enfila une chemise de soie que lui avait donnée la Reine Drawbra de Hamadan ainsi qu'une paire de braies de coton bleues au fond flamboyant. Heureux de quitter le cuir et l'acier qui l'avaient protégé pendant la traversée du désert des attaques éventuelles du Ténébreux Empire, Hawkmoon enfila une paire de sandales qui complétèrent son équipement. La seule concession qu'il fit à ses anciennes craintes fut l'épée qu'il accrocha à son côté.

Il était assez improbable qu'ils aient été suivis

jusqu'ici ; de plus, la ville était si tranquille qu'il ne pouvait se résoudre à la trouver menaçante.

Hawkmoon enleva la selle de son cheval puis se dirigea vers l'ombre d'une tour et s'allongea en attendant Oladahn et le mouton.

Midi passa et Hawkmoon commença à se demander ce qu'il était advenu de son ami. Il sommeilla une heure de plus mais ne put surmonter son inquiétude et se décida à remonter à cheval.

Hawkmoon savait qu'il était impensable qu'un archer aussi doué qu'Oladahn puisse mettre si longtemps pour abattre un mouton sauvage. Le danger semblait pourtant tout à fait improbable. Peut-être Oladahn s'était-il fatigué et avait-il décidé de dormir une ou deux heures avant de ramener la carcasse du mouton. Même dans une telle situation, il avait besoin d'aide, se dit Hawkmoon.

Il enfourcha sa monture et parcourut les rues de la ville en direction des murailles croulantes et des collines qui se dressaient au-delà. Le cheval retrouva toute sa vigueur quand ses sabots frappèrent l'herbe et Hawkmoon dut réduire la longueur de ses rênes pour aller au petit galop parmi les collines.

Devant eux se tenait un troupeau de moutons sauvages menés par un vieux mâle d'allure farouche ; il s'agissait peut-être de celui qui avait été vu par Oladahn mais il n'y avait aucune trace du petit homme des montagnes.

— Oladahn ! cria Hawkmoon tout en regardant autour de lui. Oladahn !

Mais seule lui répondit la voix feutrée de l'écho.

Hawkmoon fronça les sourcils puis lança son cheval au galop afin d'escalader une colline plus élevée que les autres ; cette position dominante lui permettrait, du moins l'espérait-il, d'apercevoir son compagnon. Les moutons sauvages s'enfuyaient devant lui, tandis que son cheval parcourait au galop des arpents d'herbe tendre. Il atteignit le sommet de la colline et cligna des yeux pour se protéger des rayons du soleil. Il regarda partout, mais ne découvrit pas la moindre trace d'Oladahn.

Après quelques instants passés en observation, il se tourna vers la ville et crut voir quelque chose remuer sur la place, non loin de la fontaine. Ses yeux lui avaient-ils joué un tour ? Avait-il bien vu quelqu'un disparaître dans l'ombre des rues qui s'étendaient à l'est de la place ? Oladahn serait-il revenu par un autre chemin ? Mais alors, que n'avait-il répondu aux appels de Hawkmoon ?

La terreur commençait à s'insinuer dans son esprit, mais il ne pouvait se résoudre à croire que la cité elle-même présentait quelque danger.

Il força son cheval à redescendre le long de la colline puis à sauter par-dessus un fragment de muraille.

Etouffé par la poussière, le bruit des sabots résonnait dans les rues tandis que Hawkmoon se dirigeait vers la place, criant sans arrêt le nom d'Oladahn. Encore une fois, il n'eut d'autre réponse que celle de l'écho. Le petit homme sauvage ne se trouvait nulle part.

Hawkmoon fronça les sourcils, persuadé à présent qu'Oladahn et lui n'étaient pas les deux seuls occupants de cette ville. Pourtant, il n'y avait toujours pas de signe de vie de la part des habitants.

Il dirigea son cheval vers les rues quand ses oreilles perçurent un faible bruit venu d'en haut. Il leva les yeux et scruta le ciel, certain d'avoir reconnu ce bruit. Et il vit finalement une forme noire et lointaine qui volait dans le ciel. Les rayons du soleil se réfléchirent sur le métal et le bruit devint plus distinct, sifflement et cliquetis de gigantesques ailes de bronze. Le cœur de Dorian Hawkmoon fit un bond dans sa poitrine.

L'appareil qui descendait du ciel était indubitablement un ornithoptère. Bariolé de bleu, de vert et d'écarlate, sa forme était celle d'un condor géant. Une seule nation possédait de tels appareils. C'était une machine volante du Ténébreux Empire de Granbretanne.

La disparition d'Oladahn ne nécessitait plus d'explication. Les guerriers du Ténébreux Empire se trouvaient à Soryandum. Il était également plus que probable qu'ils avaient reconnu Oladahn, comprenant ainsi que Hawkmoon ne pouvait se trouver très loin. Et Hawkmoon était le plus farouche ennemi du Ténébreux Empire.

CHAPITRE II

HUILLAM D'AVERC

Hawkmoon se dirigea vers les rues sombres dans l'espoir que l'ornithoptère ne l'avait pas repéré.

Les Granbretons l'avaient-ils suivi pendant toute la traversée du désert ? C'était improbable. Mais pouvait-on donner une autre explication à leur présence en ce lieu retiré ?

Hawkmoon tira de son fourreau son épée de combat, puis mit pied à terre. Ses vêtements de soie et de coton le faisaient paraître anormalement vulnérable tandis qu'il courait dans les rues à la recherche d'un abri.

L'ornithoptère se trouvait à présent à quelques mètres au-dessus des plus hautes tours de Soryandum. Il était très certainement à la recherche de Hawkmoon, l'homme dont le Roi-Empereur Huon avait juré de se venger après qu'il eut « trahi » le Ténébreux Empire. Hawkmoon aurait très bien pu tuer le Baron Meliadus à la bataille de Hamadan, mais le Roi Huon se serait certainement empressé d'envoyer un nouvel émissaire chargé de traquer sans répit le félon.

Le jeune Duc de Köln n'avait jamais pensé que le voyage serait sans dangers mais ne s'attendait pas à les trouver si tôt.

Il arriva près d'un sombre bâtiment qui tombait en ruine et dont le portail pouvait lui servir d'abri. Il pénétra à l'intérieur de la bâtisse et se retrouva dans une salle dont les murs de pierre blanche et ciselée étaient en partie recouverts de mousses et de lichens colorés. Un escalier se dressait à l'autre bout de la salle et Hawkmoon, l'épée à la main, franchit plusieurs degrés moussus avant d'entrer dans une petite pièce éclairée par le soleil qui filtrait ses rayons au travers des ruines. Il s'appuya contre le mur afin de regarder au travers de la brèche et découvrit ainsi une grande partie de la ville. Dans le ciel, l'ornithoptère tournait en rond tandis que son pilote à tête de vautour scrutait les rues du regard.

Une tour de granit verdâtre se dressait non loin de là, indiquant grossièrement le centre de Soryandum. L'ornithoptère en fit plusieurs fois le tour et Hawkmoon crut d'abord que le pilote pensait qu'il s'y cachait. Mais la machine volante se posa sur le chemin de ronde de la tour et plusieurs silhouettes apparurent qui s'empressèrent de se joindre au pilote.

Il s'agissait indubitablement de guerriers de Granbretanne. Ils portaient des capes, de lourdes armures et des masques de métal qui leur cachaient tout le visage. Les hommes du Ténébreux Empire avaient l'esprit si torturé qu'ils ne se débarrassaient de leurs casques en aucune circonstance et que ces derniers devaient avoir avec leur esprit des liens très étroits.

Les masques étaient de couleur rouge et jaune sombre et représentaient des gueules de porc sauvage ; leurs farouches yeux gemmés resplendissaient au soleil et leurs grandes défenses d'ivoire partaient de chaque côté de leur groin proéminent.

C'était bien là les hommes de l'Ordre du Sanglier, célèbre dans toute l'Europe pour sa sauvagerie. Ils étaient six qui se tenaient aux côtés de leur chef, un homme grand et mince dont le masque d'or et de bronze était si délicatement ciselé qu'il avait l'air d'une caricature du masque de l'Ordre. Il s'appuyait sur les épaules de deux compagnons — l'un petit et trapu, l'autre presque un géant aux bras et jambes nues mais recouvertes d'un poil incroyablement serré. Hawkmoon se demanda si leur chef était malade ou blessé. La manière dont il s'appuyait sur les deux hommes avait quelque chose d'artificiel — quelque chose de théâtral. Hawkmoon comprit qu'il connaissait cet homme. Il s'agissait du traître français Huillam D'Averc, peintre et architecte de renom, qui avait rejoint les rangs de la Granbretanne bien avant que celle-ci n'entreprenne de conquérir la France. D'Averc était un homme dangereux et mystérieux. Pourquoi donc faisait-il semblant d'être malade ?

Le chef des Sangliers parla au pilote qui portait un masque de vautour. Celui-ci secoua la tête. Il n'avait pas vu Hawkmoon, mais tendit la main vers l'endroit où celui-ci avait abandonné son cheval. D'Averc — si c'était bien de lui qu'il s'agissait — fit un signe rapide à l'un de ses hommes. Le guerrier disparut quelques instants, puis revint, accompagné d'un Oladahn furieux et grimaçant.

Rassuré, Hawkmoon regarda deux des guerriers au masque de sanglier entraîner Oladahn près des remparts. Au moins, son ami était bien vivant.

Le Sanglier fit un nouveau signe et le pilote-vautour se pencha à l'intérieur de sa machine volante pour en ressortir un mégaphone qu'il tendit au géant velu. Celui-ci le plaça tout près de la bouche de son maître.

Tout à coup, l'air paisible de la ville fut emplie de la voix fatiguée du Sanglier.

— Duc von Köln, nous savons que vous êtes ici, car nous avons fait prisonnier votre serviteur. Dans une heure, le soleil se couchera. Si vous ne vous êtes pas livré à nous à ce moment-là, nous nous verrons dans l'obligation de commencer à tuer le petit homme...

Hawkmoon savait maintenant avec certitude qu'il s'agissait bien de D'Averc. Aucun homme ne pouvait parler et agir ainsi. Hawkmoon vit le géant rendre le mégaphone au pilote puis, assisté par son petit compagnon, aider son maître à s'approcher des créneaux pour voir ce qui se passait dans la rue.

Hawkmoon dut retenir sa colère et étudia la distance qui séparait la tour de la maison dans laquelle il se trouvait. En passant par la brèche du mur, il pourrait atteindre une suite de toits en terrasse qui le mèneraient à un tas de gravats posés le long de la tour. Il lui serait ensuite aisé de grimper jusqu'aux créneaux mais serait découvert à l'instant même où il quitterait sa cachette. Seul le couvert de la nuit lui permettrait d'emprunter ce chemin — mais, à ce moment-là, ils auraient déjà commencé à torturer Oladahn.

Soucieux, Hawkmoon passa ses doigts sur le joyau noir, symbole de son esclavage passé. Il savait que, s'il se rendait, il serait tué sur-le-champ ou ramené en Granbretanne ; sa mort serait alors terrible et lente et servirait aux distractions perverses des seigneurs du Ténébreux Empire. Il pensa à Yisselda à qui il avait promis de revenir, au Comte Airain à qui il avait juré assistance dans sa lutte contre la Granbretanne — et il pensa à Oladahn avec qui il avait échangé des serments d'amitié après que le petit homme lui eut sauvé la vie.

Pourrait-il sacrifier son ami ? Pourrait-il justifier un tel acte, même si la logique lui dictait que sa propre vie avait beaucoup plus de valeur dans la lutte contre le Ténébreux Empire? Hawkmoon savait que, dans une telle situation, la logique n'était pas de grande assistance. Mais il savait aussi que son sacrifice pourrait être inutile car rien ne garantissait que le Sanglier libérerait Oladahn après avoir fait prisonnier Hawkmoon.

Il se mordit les lèvres et serra son épée avec force ; puis, s'étant finalement décidé, il passa par la brèche et, se tenant d'une main aux pierrailles, fit miroiter sa lame au soleil. D'Averc leva lentement les yeux.

— Vous devez relâcher Oladahn avant que je ne me rende, cria Hawkmoon, car je sais que tous les hommes de Granbretanne sont des menteurs. En tout cas, vous avez *ma* parole que je me rendrai à vous dès que vous aurez libéré Oladahn.

— Nous sommes peut-être des menteurs, dit-il avec difficulté, mais nous ne sommes pas des imbéciles. Comment pourrais-je avoir confiance en vous ?

— Je suis Duc de Köln, dit simplement Hawkmoon. Nous ne mentons jamais.

Un faible rire s'éleva du masque de sanglier :

— Vous êtes peut-être naïf, Duc de Köln, mais Sire Huillam d'Averc ne l'est pas. Est-il cependant possible que je vous propose un compromis ?

— Lequel? demanda Hawkmoon avec prudence.

— Je vous propose de faire la moitié du chemin qui nous sépare, de sorte que vous soyez à portée du lance-flammes de notre ornithoptère. Je libérerai ensuite votre serviteur. — D'Averc toussa avec ostentation puis s'appuya sur les créneaux. — Que dites-vous de cela ?

— Ce n'est pas un compromis, cria Hawkmoon. Il vous serait aisé de nous tuer tous les deux sans grand effort ni danger pour vous-même.

— Mon cher Duc, le Roi-Empereur préfère de loin vous avoir vivant. Vous devez savoir pourquoi. C'est *mon propre intérêt* qui est ici en jeu. Si je vous tuais maintenant, j'obtiendrais au plus un rang de baronnet — en vous livrant au Roi-Empereur, je serai très certainement récompensé par une principauté. Vous ne me connaissez donc pas, Duc Dorian ? Je suis l'*ambitieux* Huillam D'Averc.

Les arguments de D'Averc étaient très convaincants, mais Hawkmoon ne pouvait oublier quelle était la réputation de traîtrise et de fourberie du Français. Il était vrai qu'il avait beaucoup plus de valeur vivant, mais le renégat pouvait très bien renoncer aux récompenses et se débarrasser de lui dès qu'il serait à portée du lance-flammes.

Hawkmoon réfléchit un instant puis soupira :

— Je ferai selon vos désirs, Sire Huillam.

Puis il se prépara à sauter sur les toits en terrasse.

Oladahn se mit alors à crier :

— Non, Duc Dorian ! Laissez-les me tuer ! Ma vie n'a pas de valeur !

Hawkmoon agit comme s'il n'avait rien entendu et sauta sur le toit le plus proche. Celui-ci trembla un instant et Hawkmoon craignit que la maison ne s'écroulât sous son propre poids. Mais rien de tel ne se produisit et il s'avança vers la tour d'un air décidé.

Oladahn cria à nouveau et commença à se débattre pour échapper à ses ravisseurs.

Hawkmoon n'y prêta pas attention et continua de marcher, l'épée à la main.

Oladahn réussit alors à s'échapper et se mit à courir, poursuivi par deux guerriers masqués. Hawkmoon le vit courir vers le parapet, hésiter un instant, puis se jeter dans le vide.

Hawkmoon resta un instant immobile, paralysé par la terreur et comprenant à peine la nature du sacrifice de son ami.

Ses doigts se serrèrent sur le pommeau de son épée et il leva la tête pour regarder D'Averc et ses hommes. Puis il courut vers le rebord du toit quand le lance-flammes se dirigea sur lui. Un éclair de chaleur passa au-dessus de sa tête et l'obligea à sauter du toit. Par bonheur, il parvint à s'accrocher par les mains et resta quelques instants immobile au-dessus de la rue.

Non loin de lui se trouvait toute une série de bas-reliefs. Il se balança pour s'agripper au plus proche mais la pierre était presque pourrie. Allait-elle quand même résister ?

Hawkmoon ne s'arrêta pas. Il se balança de bas-relief en bas-relief et réussit finalement à arriver au niveau du sol. Puis il se mit à courir, non pas à l'opposé de la tour, mais bien vers celle-ci.

Il n'avait plus qu'une chose à l'esprit, se venger de Huillam D'Averc qui avait poussé Oladahn à se suicider.

Il découvrit l'entrée de la tour et y pénétra pour entendre un bruit métallique : c'était les hommes de D'Averc qui redescendaient en compagnie de leur chef. Il choisit un endroit de l'escalier en colimaçon qui lui permettrait de combattre un à un les Granbretons. D'Averc fut le premier à apparaître et s'arrêta subitement quand il vit Hawkmoon. Puis il tira lentement son épée.

— Il faut être sot pour ne pas profiter de l'occasion que votre ami vous a offerte en se suicidant, dit avec mépris le mercenaire au masque de sanglier. Maintenant, que cela vous plaise ou non, je suppose que nous allons devoir vous tuer...

Il se mit à tousser avec difficulté et s'appuya au mur avant de faire un signe à l'un des hommes qui se trouvaient derrière lui. Il s'agissait du petit homme trapu, celui qui avait aidé D'Averc sur le chemin de ronde.

— Pardonnez-moi, cher Duc Dorian... mais

ma maladie peut m'affaiblir au moment le plus critique. Ecardo, s'il te plaît...

Celui-ci bondit en grognant et en tirant la petite hache qui était passée dans sa ceinture. Sa main libre se saisit de son épée et il poussa un cri de joie sauvage.

— Merci, maître. Voyons un peu comment le petit Duc va s'en tirer.

Hawkmoon se prépara à recevoir les coups du petit homme qui bondit subitement avant d'abattre sa hache sur l'épée de Hawkmoon. Au même instant, il leva sa courte épée et Dorian Hawkmoon dut se reculer promptement pour ne pas être éventré. La lame trancha pourtant le coton de ses braies et il ressentit le contact froid de l'acier sur sa peau.

Hawkmoon donna un coup d'épée qui s'abattit sur le masque de sanglier d'Ecardo et arracha l'une des défenses d'ivoire. Ecardo se mit à jurer et voulut lui porter un nouveau coup mais Hawkmoon le saisit par le bras après avoir lâché son arme. Il l'accula contre le mur et le genou d'Ecardo s'enfonça dans l'aine de Hawkmoon, mais celui-ci résista à la douleur qui lui déchirait le bas-ventre et projeta Ecardo dans l'escalier de pierre.

L'homme roula pendant quelques secondes puis heurta les dalles avec un bruit terrible qui se répercuta dans toute la tour. Il resta immobile.

Hawkmoon leva les yeux vers D'Averc :

— Eh bien, Sire, êtes-vous guéri ?

D'Averc releva son masque ciselé pour révéler les yeux pâles et le visage livide d'un malade. Sa bouche se tordait en un sourire grotesque.

— Je ferai de mon mieux, lui dit-il.

Mais quand il s'avança, ce fut avec agileté et adresse.

Hawkmoon prit l'initiative et porta un coup à son ennemi qui se dégagea avec une rapidité incroyable. Le ton traînant de sa voix n'était pas du tout en rapport avec ses réflexes.

Hawkmoon comprit que D'Averc était aussi dangereux qu'Ecardo. Mais si ce dernier n'était qu'assommé, il pourrait bientôt se retrouver au milieu de ces deux combattants.

Le duel était si rapide que l'on pouvait à peine voir les lames. Le masque de D'Averc était toujours relevé et il souriait d'un air énigmatique et féroce.

Epuisé par son voyage dans le désert et affamé, Hawkmoon savait qu'il ne pourrait résister très longtemps. Il cherchait désespérément une ouverture dans la défense magistrale de D'Averc. A un moment, celui-ci tituba légèrement sur une marche pourrie et Hawkmoon en profita pour se fendre mais son coup fut aussitôt paré.

Derrière D'Averc, les guerriers à tête de sanglier attendaient avec impatience, l'épée à la main, le moment où ils pourraient se jeter sur Hawkmoon.

Hawkmoon se fatiguait rapidement et ne se

contentait plus que de se tenir sur la défensive, repoussant la lame qui se présentait devant ses yeux ou devant son cœur. Il fit un pas en arrière, puis un autre.

Ce fut alors qu'il entendit un grognement et comprit qu'Ecardo avait repris connaissance. Il n'aurait plus beaucoup à attendre avant que les Sangliers ne le massacrent.

Maintenant qu'Oladahn était mort, il n'avait plus rien à perdre. Ses coups d'épée se firent plus violents et D'Averc sentit que la victoire était à portée de sa main.

Au lieu d'être attaqué par-derrière par Ecardo, Hawkmoon sauta en arrière sans regarder. Son épaule alla se cogner contre le mur et il fit une rapide volte-face, prêt à affronter une nouvelle fois le puissant Ecardo.

Il faillit laisser tomber son épée d'étonnement.

— Oladahn !

Le petit homme sauvage était en train de lever une épée — celle-là même du guerrier-sanglier — au-dessus de la tête d'Ecardo.

— Oui, je suis vivant. Mais ne me demandez pas pourquoi. C'est là quelque chose que je ne comprends pas.

Le plat de l'épée s'abattit une nouvelle fois sur le casque d'Ecardo qui retomba sur le sol.

Il n'était plus temps de discuter. Hawkmoon parvint péniblement à parer le coup que D'Averc lui portait, mais les yeux de celui-ci s'emplirent d'étonnement quand il vit qu'Oladahn était bien en vie.

Hawkmoon réussit à transpercer l'armure de D'Averc à la hauteur de l'épaule mais celui-ci repoussa la lame et se jeta à nouveau dans le combat. Hawkmoon avait perdu l'avantage et les masques sauvages des guerriers se précipitèrent sur lui.

Hawkmoon et Oladahn reculèrent vers la porte, espérant ainsi reprendre le dessus. Pendant près de dix minutes, il tinrent tête à leurs assaillants, tuant deux Granbretons et en blessant trois autres. Mais ils s'épuisaient rapidement et Hawkmoon n'avait plus la force de tenir son épée.

Ses yeux vitreux purent à peine voir leurs ennemis se jeter sur eux pour l'hallali. Il entendit D'Averc pousser un cri de triomphe : « Je les veux vivants ! », puis s'écroula sous une avalanche de métal.

CHAPITRE III

LE PEUPLE DES OMBRES

Entourés de chaînes qui les empêchaient presque de respirer, Oladahn et Hawkmoon furent emmenés dans les sous-sols de la tour.

Après avoir descendu plusieurs étages, les guerriers-sangliers arrivèrent dans une pièce qui avait jadis servit d'entrepôt et remplissait à présent le rôle de cachot.

Ils furent jetés sur le sol rocailleux et restèrent immobiles jusqu'au moment où un pied botté vint les retourner. Leur visage se trouva éclairé par la torche fumante du puissant Ecardo dont le masque bariolé semblait ricaner de plaisir. Le masque de D'Averc était toujours relevé sur son visage livide ; il se tenait entre Ecardo et le géant velu qu'Hawkmoon avait vu un peu plus tôt. D'Averc tenait une écharpe de brocart devant ses lèvres et s'appuyait lourdement sur le bras du géant.

D'Averc toussa d'un air peu naturel et regarda ses prisonniers en souriant.

— Je crains devoir vous quitter bientôt, Messieurs. L'air de ces caves ne m'est pas recommandé. Toutefois, il ne fera pas de mal aux deux solides gaillards que vous êtes. Vous ne resterez pas plus d'une journée en ce lieu, je vous le promets. J'ai demandé que l'on m'envoie un ornithoptère suffisamment grand pour vous ramener en Sicilia. C'est là que le gros de mes troupes se trouve concentré.

— Vous êtes déjà en possession de la Sicilia ? demanda Hawkmoon d'une voix neutre. Vous avez fait la conquête de cette île ?

— Oui. Le Ténébreux Empire n'aime pas perdre son temps. En fait, c'est moi — D'Averc toussa avec modestie dans son écharpe — c'est moi qui suis *le héros* de Sicilia. C'est grâce à mon commandement que cette île est tombée aussi rapidement. Ce triomphe n'a pourtant rien d'extraordinaire, car le Ténébreux Empire possède d'autres capitaines aussi valeureux que moi. Depuis quelque temps, nous avons conquis pas mal de pays en Europe — ainsi qu'en Orient.

— La Kamarg résiste toujours, dit Hawkmoon. Cela doit irriter le Roi-Empereur.

— Oh, la Kamarg ne pourra résister très longtemps, dit D'Averc d'un ton dégagé. Nous nous intéressons d'une manière *très particulière* à cette petite province. En fait, elle est peut-être déjà tombée...

— Pas tant que le Comte Airain vivra, dit en souriant Hawkmoon.

— Justement, répliqua D'Averc. J'ai appris

qu'il avait été grièvement blessé et que son lieutenant von Villach avait été tué dans une récente bataille.

Hawkmoon ne parvint pas à savoir si D'Averc mentait. Son visage resta impassible bien que ces nouvelles l'eussent ébranlé. La Kamarg était-elle sur le point de tomber ? Et dans ce cas, qu'adviendrait-il de Yisselda ?

— Je vois que cette nouvelle ne vous laisse pas indifférent, murmura D'Averc. Mais ne craignez rien, Duc, car la Kamarg me reviendra quand elle sera conquise. Ce sera ma récompense pour vous avoir capturé. Quant à mes fidèles compagnons que voici — il montra du doigt ses deux monstrueux serviteurs, — je leur apprendrai à diriger la Kamarg en mon absence. Ils partageront chaque moment de ma vie — mes secrets, mes plaisirs. Ce n'est que justice qu'ils participent aussi à mes triomphes. Je ferai d'Ecardo le Grand Chambellan de ma province, tandis que Peter recevra le titre de Comte.

Un grognement animal sortit du masque du géant. D'Averc sourit :

— Peter n'a pas beaucoup d'esprit, mais sa force et sa loyauté sont indiscutables. Peut-être le mettrai-je à la place du Comte Airain.

Hawkmoon secoua ses chaînes de rage.

— Vous n'êtes qu'une bête cruelle, D'Averc, mais je ne me mettrai pas en colère puisque c'est cela que vous désirez. J'ai tout mon temps ; il se peut que je parvienne à m'enfuir. Dans ce cas, vous vivrez dans la crainte du jour où nous aurons échangé les rôles. Ce sera alors *vous* qui serez en *mon* pouvoir.

— Je crains que vous ne soyez trop optimiste, Duc. Reposez-vous et jouissez de la paix qui vous est donnée car vous ne connaîtrez plus un instant de félicité quand vous vous retrouverez en Granbretanne.

D'Averc fit une courbette grotesque et s'en alla, suivi de ses hommes. La lumière mourut et les deux prisonniers restèrent dans le noir.

— Ah, dit Oladahn après un instant de silence, je ne pense pas grand-chose de l'état dans lequel je me trouve après ce qui s'est passé aujourd'hui. Je ne sais même pas si c'est là le rêve, la réalité de la vie, ou la mort.

— Que t'est-il arrivé, Oladahn ? lui demanda Hawkmoon. Comment as-tu fait pour survivre après une telle chute ? Je pensais que tu t'étais écrasé au sol.

— J'aurais dû l'être, acquiesça Oladhan. Si des fantômes ne m'avaient arrêté au beau milieu de ma chute.

— Des fantômes ? Tu dois plaisanter.

— Non. Ces êtres — ces fantômes — sont apparus aux fenêtres de la tour et m'ont porté doucement à terre. Leur taille et leur forme étaient celles des hommes, mais ils étaient à peine tangibles...

— Tu as dû te cogner la tête pour inventer tout cela !

— Vous pourriez avoir raison. (Oladahn s'arrêta subitement de parler.) Mais dans ce cas, je dois continuer de rêver. Regardez sur votre gauche.

Hawkmoon tourna la tête et poussa un petit cri d'étonnement. Devant lui se dressait la silhouette d'un homme. Pourtant, il parvenait également à voir le mur de pierre qui se trouvait derrière.

— Un fantôme tout à fait classique, dit Hawkmoon. Il est étrange que nous partagions ce rêve...

La silhouette se mit à rire d'une manière enjoué :

— Vous ne rêvez pas, étrangers. Nous sommes des hommes comme vous. La structure de notre corps est simplement quelque peu altérée. C'est tout. Les dimensions dans lesquelles nous existons ne sont pas exactement les mêmes que les vôtres. Nous avons toutefois une certaine réalité. Nous sommes les habitants de Soryandum.

— Ainsi, vous n'avez pas abandonné votre ville, dit Oladahn. Mais comment se fait-il que vous soyez... ainsi ?

L'ombre rit à nouveau.

— Une certaine emprise sur l'esprit, une expérience scientifique, la maîtrise du temps et de l'espace. Je regrette de ne pouvoir vous expliquer par le détail notre démarche exacte ; cet état a été atteint, entre autres choses, par la création d'un vocabulaire entièrement nouveau. Le langage que j'utiliserais vous serait tout à fait incompréhensible. Soyez cependant assurés d'une chose : nous sommes toujours capables de juger les esprits des hommes, ce qui fait que nous reconnaissons en vous des amis potentiels tandis que les autres sont nos véritables ennemis.

— Vos ennemis ? Comment cela ? demanda Hawkmoon.

— Je vous l'apprendrai plus tard.

L'ombre s'avança vers Hawkmoon et se tint au-dessus de lui. Le jeune Duc de Köln sentit un contact étrange sur son corps et fut soulevé en l'air. L'ombre était peut-ête intangible, mais certainement bien plus robuste que n'importe quel mortel. Des murailles sortirent deux autres ombres : l'une d'elles souleva Oladahn et l'autre tendit la main pour produire une sorte de lumière qui éclaira tout le cachot. Hawkmoon vit que les ombres étaient minces et dotées de beaux visages. Mais leurs yeux ressemblaient à ceux des aveugles.

Hawkmoon avait d'abord supposé les habitants de Soryandum capables de traverser les murs mais il voyait à présent qu'ils étaient venus par une grande ouverture pratiquée dans le plafond du cachot. C'était très certainement par là que tombaient les sacs de grain à l'époque où cette pièce sombre ne servait que d'entrepôt.

Les ombres s'élevèrent ensuite vers le tunnel

et continuèrent de monter jusqu'à ce qu'une lueur apparut au-dessus d'eux — la clarté de la lune et des étoiles.

— Où nous emmenez-vous? demanda Hawkmoon à voix basse.

— Dans un endroit tranquille où nous pourrons vous débarrasser de vos chaînes, lui répondit celui qui le portait.

Quand ils furent arrivés à l'extrémité du tunnel et qu'ils eurent senti la fraîcheur de la nuit, ils s'arrêtèrent un instant pour vérifier qu'aucun Granbreton ne se trouvait à proximité. Puis ils partirent dans les rues désolées de la cité silencieuse et atteignirent finalement une maison à trois étages. Elle paraissait en meilleure condition que les autres mais ne possédait aucune entrée visible au niveau du sol.

Les ombres portèrent Hawkmoon et Oladahn jusqu'au second étage, puis franchirent une large fenêtre.

La pièce était dépourvue de toute décoration et les deux ombres déposèrent doucement leur fardeau humain.

— Où sommes-nous? demanda Hawkmoon qui n'avait toujours pas confiance en ses sens.

— C'est ici que nous vivons, lui répondit l'ombre. Nous ne sommes pas très nombreux. Bien que nous puissions vivre plusieurs siècles, nous sommes incapables de nous reproduire. C'est ce que nous avons perdu en acquérant cet état.

D'autres silhouettes apparurent alors et plusieurs d'entre elles étaient celles de femmes. Elles avaient toutes la même grâce et la même beauté ; elles ne portaient pas de vêtements et leur corps avait une apparence laiteuse. Les corps et les visages n'avaient pas d'âge et étaient à peine humains mais s'entouraient d'une aura de paix que Dorian Hawkmoon trouvait particulièrement rassurante.

L'un des nouveaux venus avait apporté avec lui un petit instrument, à peine plus grand que l'index de Dorian Hawkmoon, qu'il appliqua sur les diverses serrures retenant les chaînes. Elles s'ouvrirent l'une après l'autre et les deux prisonniers se retrouvèrent libres de toute entrave.

Hawkmoon se redressa et frotta ses muscles endoloris :

— Merci, dit-il. Vous m'avez évité un sort désagréable.

— Nous sommes heureux de vous avoir été utiles, répondit l'une des ombres, légèrement plus petite que les autres. Je m'appelle Rinal et j'étais jadis Grand Conseiller de Soryandum. Il s'avança en souriant. Nous nous demandons si cela vous plairait de nous rendre un service.

— Je serais heureux de pouvoir vous être utile après ce que vous venez de faire, dit Hawkmoon en toute sincérité. Que faudra-t-il faire ?

— Nous sommes menacés par ces étranges guerriers aux grotesques masques d'animaux, lui dit Rinal. Car ils ont décidé de détruire Soryandum.

— La détruire ? Mais pourquoi faire ? Cette ville ne les menace nullement — et elle est trop éloignée pour être annexée.

— Ce n'est malheureusement pas le cas, lui dit Rinal. Nous avons écouté leurs conversations et avons ainsi appris que Soryandum a beaucoup de valeur pour eux. Ils souhaitent construire une immense bâtisse qui abritera des centaines de machines volantes. Ces machines pourront alors être envoyées contre les nations environnantes.

— Je comprends, murmura Hawkmoon. Tout cela se tient très bien. C'est dans ce but que D'Averc a été choisi : ses talents d'architecte ne seront pas négligeables. Les matériaux de construction sont disponibles et peuvent servir à élever cette base d'ornithoptères. De plus, cet endroit est si éloigné que personne ne remarquera leur activité. Le Ténébreux Empire pourra attaquer par surprise et détruire les autres nations. Il faut absolument les arrêter !

— Oui, il le faut, même si ce n'est que pour notre bien, reprit Rinal. Vous voyez, nous faisons partie de cette ville d'une manière que vous ne pourrez peut-être pas comprendre. La ville et nous formons un tout. La destruction de la ville signifie notre mort.

— Mais comment pouvons-nous les arrêter ? demanda Hawkmoon. A quoi puis-je vous servir ? Vous devez disposer d'une science très évoluée. Quant à moi, je n'ai qu'une épée — et encore est-elle entre les mains de ce D'Averc !

— Je vous ai dit que nous étions liés à cette ville, dit Rinal d'un air patient. Nous ne pouvons nous en éloigner. Il y a bien longtemps, nous nous sommes débarrassés des objets inutiles comme les machines, par exemple. Celles-ci furent enfouies sous une colline située à quelques kilomètres de Soryandum. A présent, nous avons besoin d'une machine bien précise, mais ne pouvons nous la procurer personnellement. Toutefois, votre mobilité mortelle vous permet de le faire à notre place.

— Volontiers, dit Hawkmoon. Si vous nous indiquez l'emplacement exact de la machine, nous vous la rapporterons. Il vaut mieux que nous partions bientôt, avant que D'Averc ne s'aperçoive de notre fuite.

— Je suis d'accord sur ce point, dit Rinal en hochant la tête, mais j'ai oublié de vous dire quelque chose. Nous avons caché ces machines à une époque où nous pouvions encore quitter Soryandum. Nous avons voulu nous assurer que personne ne s'en emparerait et les avons défendues par une bête mécanique — une horrible invention créée pour éloigner tous ceux qui découvriraient notre cachette. Mais cette créature de métal peut aussi tuer : elle détruira tous ceux qui, n'appartenant pas à notre race, oseront pénétrer à l'intérieur de la caverne.

— Comment peut-on éviter cette bête? demanda Oladahn.

— Il n'y a qu'un seul moyen, dit Rinal en soupirant. Vous devrez la combattre — et la détruire.

— Je vois, dit Hawkmoon en souriant. J'ai échappé à un danger pour en affronter un autre presque aussi terrible.

Rinal leva la main.

— Non. Vous n'êtes nullement obligés. Si vous croyez que votre vie est plus utile au service d'une autre cause, n'hésitez pas à nous abandonner.

— Je vous dois la vie, dit Hawkmoon. Et ma conscience ne serait pas en paix si je m'éloignais de Soryandum en sachant pertinemment que votre ville serait détruite et votre race exterminée. De plus, le Ténébreux Empire aurait l'occasion de causer des dégâts encore plus grands. Non — je ferai de mon mieux, bien que cela ne soit pas facile sans armes d'aucune sorte.

Rinal fit un signe à l'une des ombres qui quitta la pièce pour revenir quelques instants plus tard. Elle tenait l'épée de Dorian Hawkmoon ainsi que l'arc, les flèches et l'épée d'Oladahn.

— Il nous a été facile de nous en emparer, dit en souriant Rinal. Nous avons également une autre arme à votre disposition. Il tendit à Hawkmoon le petit objet qui avait servi à ouvrir les serrures. Nous avons gardé ceci quand les autres machines ont été rangées dans la caverne.

Il peut ouvrir n'importe quelle serrure — il suffit de le poser dessus. Cela vous sera utile pour pénétrer dans la grande salle où la bête mécanique protège les anciennes machines de Soryandum.

— Quelle est donc la machine que vous désirez nous voir rapporter ? demanda Oladahn.

— C'est un petit objet, gros comme une tête humaine. Il est étincelant et ses couleurs sont celles de l'arc-en-ciel. Il ressemble à du cristal, mais son contact est celui du métal. Sa base est faite d'onyx et se termine par un objet octogonal. La salle renferme peut-être deux de ces objets ; si vous le pouvez, rapportez-les tous les deux.

— A quoi sert-il ? demanda Hawkmoon.

— Vous le saurez à votre retour.

— Si nous revenons, dit Oladahn d'un air particulièrement sombre.

CHAPITRE IV

LA BÊTE MÉCANIQUE

Après s'être restaurés de vin et de nourritures volés aux hommes de D'Averc par le peuple des ombres, Hawkmoon et Oladahn reprirent leurs armes et se préparèrent à quitter la maison. Deux des hommes de Soryandum les portèrent doucement jusqu'à terre.

— Que le Bâton Runique vous protège, dit l'un d'eux tandis que son compagnon se dirigeait vers les murailles de la ville, car nous avons appris que vous êtes son serviteur.

Hawkmoon voulut lui demander comment il savait cela. C'était la seconde fois que quelqu'un lui disait qu'il était le serviteur de Bâton Runique et lui-même n'en savait rien. Mais l'ombre disparut avant même qu'il ait pu ouvrir la bouche.

Soucieux, Hawkmoon sortit de la ville.

Quand il fut dans les collines, à plusieurs kilomètres de Soryandum, Hawkmoon s'arrêta pour réfléchir un instant. Rinal lui avait dit de chercher un cairn de granit érigé plusieurs siècles auparavant par ses ancêtres. Il vit enfin le tumulus dont les pierres antiques brillaient comme de l'argent au clair de lune.

— Nous devons à présent nous diriger vers le nord, dit-il, et chercher la colline d'où ce granit a été extrait.

Ils découvrirent la colline une demi-heure plus tard. On eût dit qu'une épée gigantesque en avait tranché la paroi. Mais le temps avait passé et l'herbe avait repoussé de sorte que cette étrange caractéristique avait pris une allure naturelle.

Hawkmoon et Oladahn foulèrent un tapis de tendre gazon et se dirigèrent vers un endroit où des buissons touffus poussaient le long du flanc de la colline. Ils écartèrent les branches et découvrirent une faille dans la paroi rocheuse. C'était l'entrée secrète qui menait à la salle des machines des habitants de Soryandum.

Ils pénétrèrent dans la faille et se retrouvèrent au sein d'une vaste caverne. Oladahn alluma la torche qu'ils avaient apportée avec eux et la flamme vacillante leur révéla une grande caverne carrée, visiblement creusée de main d'homme.

Hawkmoon se souvint de ce qui lui avait été dit et s'avança vers le fond de la grotte pour y rechercher la petite marque qui devait se trouver à hauteur d'épaule. Il la découvrit finalement — une inscription aux caractères étranges sous laquelle se trouvait un trou minuscule.

Hawkmoon sortit le petit instrument qui lui avait été donné et le dirigea sur le trou.

Il ressentit un léger chatouillement quand sa main appuya avec plus de vigueur sur le petit objet. La paroi rocheuse se mit à trembler et un puissant courant d'air s'éleva qui faillit souffler la torche. La paroi devint luisante, puis transparente et disparut finalement à leurs yeux. « Elle sera toujours là », lui avait expliqué Rinal, « mais passera temporairement dans une autre dimension ».

Prudemment, l'épée à la main, ils entrèrent dans un profond tunnel empli d'une lumière verte et froide qui fusait de murs semblables à du verre fondu.

Devant eux se dressait une autre paroi, marquée d'une petite tache rouge sur laquelle Hawkmoon dirigea son instrument.

Il y eut un nouveau courant d'air, si puissant qu'ils faillirent tomber à terre. Puis la paroi se mit à pâlir avant de prendre une couleur d'un bleu laiteux et de disparaître à leurs yeux.

Cette partie du tunnel avait la même couleur bleu opaque, mais devant eux se dressait une nouvelle paroi, d'un noir profond cette fois. Quand cette dernière eut également disparu, ils pénétrèrent dans un tunnel de pierre jaune et comprirent qu'ils se trouvaient à présent devant l'entrepôt des machines et son féroce gardien.

Hawkmoon s'arrêta un instant avant d'appliquer son instrument sur la muraille blanche.

— Nous devons être rusés et agir avec promptitude, dit-il à Oladahn, car la créature qui dort derrière cette paroi se réveillera à l'instant même où notre présence lui sera signalée.

Il fut interrompu par un formidable bruit métallique et la paroi blanche vacilla comme si quelque chose d'énorme s'était précipité dessus.

Oladahn regarda la paroi d'un air dubitatif.

— Nous devrions peut-être revenir sur notre décision. Après tout, si nous perdions inutilement la vie, nous...

Mais Hawkmoon avait déjà commencé à activer son instrument ; la paroi changea de couleur et l'étrange courant d'air les frappa une nouvelle fois. Un cri de douleur et d'étonnement s'éleva de l'autre côté de la muraille. Celle-ci prit une teinte rosée, puis disparut, pour découvrir la bête mécanique.

La disparition de la paroi avait dû la surprendre, car elle resta un instant immobile. Elle reposait sur des pieds de métal que ses écailles multicolores dissimulaient à moitié ; son échine était entièrement recouverte de cornes acérées tandis que son corps avait l'allure générale du singe. Ses membres antérieurs étaient assez courts tandis que ses bras se terminaient par de puissantes griffes métalliques. Ses yeux étaient à facettes comme ceux de la mouche et resplendissaient de couleurs changeantes tandis que son groin était doté de dents métalliques tranchantes comme des lames de rasoir.

Derrière la bête mécanique se trouvaient plusieurs groupes de machines, rangés soigneusement le long de la paroi rocheuse. La pièce était très vaste ; au milieu de celle-ci, un peu sur la gauche de Dorian Hawkmoon, étaient posés sur le sol les deux objets de cristal décrits par Rinal. Sans dire un seul mot, Hawkmoon tendit la main, vers ceux-ci puis se précipita dans l'entrepôt.

La course des deux hommes tira le monstre de sa somnolence ; il poussa un hurlement avant de se jeter sur eux tout en sécrétant une étrange odeur métallique particulièrement nauséabonde.

Hawkmoon vit du coin de l'œil une puissante main griffue s'abattre sur lui, mais il parvint à faire un bon de côté ; il heurta une délicate machine qui s'écrasa au sol en répandant des morceaux de verre et de petites pièces d'acier. La main giffla l'air à quelques centimètres de son visage, mais Hawkmoon fit un nouveau bond de côté.

Une flèche vint s'écraser sur le groin de la bête avec un bruit sonore mais ne parvint pas à entamer les écailles jaunes et noires.

La bête poussa un rugissement de surprise et regarda autour d'elle avant de se jeter sur Oladahn.

Celui-ci voulut reculer mais ne fut pas assez prompt : le monstre le saisit dans sa main afin de le porter à sa gueule. Voyant cela, Hawkmoon poussa un cri et frappa du tranchant de son épée la cuisse de la bête qui hurla de douleur et relâcha son prisonnier. Oladahn resta immobile sur le sol, mort ou tout simplement assommé.

Hawkmoon recula de quelques pas quand la bête s'avança vers lui puis, changeant de tactique, plongea entre ses jambes. Surprise, elle chercha à se retourner mais Hawkmoon avait plongé à nouveau.

Le monstre de métal renifla de rage tout en agitant ses bras puissants. Hawkmoon profita de ce moment de trouble pour se cacher entre deux machines, mais la bête partit aussitôt à sa recherche, renversant tout sur son passage. Toujours dissimulé, Hawkmoon arriva auprès d'un objet doté d'un bec en forme de cloche au bout duquel se trouvait un levier. Ce devait être une arme et, sans même réfléchir, Hawkmoon tira sur le levier. Un léger bruit sortit de la machine, mais rien d'autre ne se produisit.

Le monstre se rua une nouvelle fois sur lui.

Hawkmoon se prépara à l'affronter et décida de planter son épée dans les yeux de la bête, car c'était là le point le plus sensible de son étrange anatomie. Rinal lui avait dit que la bête ne pouvait être tuée au sens habituel du mot ; mais si elle était aveuglée, il aurait peut-être sa chance.

La bête marcha directement sur la machine et poussa un grognement subit. Un rayon invisible avait dû la frapper et déranger quelque partie de son mécanisme compliqué. Elle s'écroula sur le sol et Hawkmoon pensa un instant avoir triomphé mais elle se releva pour s'avancer d'une manière lente et pénible.

Hawkmoon comprit qu'elle allait bientôt recouvrer toute sa vigueur ; il devait frapper sans plus attendre et se précipita sur le monstre qui tourna lentement la tête. Hawkmoon fit un bond en l'air et grimpa sur les puissantes épaules de l'étrange créature qui poussa un grognement de colère et chercha à se débarrasser de ce parasite.

Hawkmoon se pencha alors en avant et, se servant du pommeau de son épée, brisa l'un après l'autre les yeux à facettes du monstre de métal.

Ils éclatèrent en mille morceaux et le monstre poussa un hurlement de douleur avant de porter ses mains, non pas sur celui qui l'avait mutilé, mais sur ses yeux crevés. Le jeune Duc eut alors le temps de sauter à terre et de courir vers les deux objets qu'il était venu chercher.

Il prit le sac qui était accroché à sa ceinture et y enferma les deux objets de cristal.

Le monstre tournait sur lui-même et déchirait l'air de ses pattes. Sa cécité ne lui avait rien fait perdre de sa force et de sa vigueur.

Hawkmoon évita les griffes acérées et se précipita sur le malheureux Oladahn qui gisait toujours à terre. Puis il jeta le petit homme sur ses épaules et courut vers la sortie.

Le monstre de métal avait entendu le bruit de

ses pas et s'était lancé à sa poursuite. Hawkmoon s'efforça d'aller plus rapidement encore tandis que son cœur battait à tout rompre.

Il franchit un à un les couloirs avant de se retrouver dans la caverne que seule une faille étroite séparait du monde extérieur. Le monstre de métal serait tout à fait incapable de passer par un tel endroit.

Dès qu'il eut franchi la faille et senti l'air de la nuit emplir ses poumons, il s'arrêta et regarda attentivement le petit homme. Oladahn respirait régulièrement et ne devait pas avoir d'os de cassé. Sa seule blessure apparente était une marque blanche sur sa tempe, cause de son évanouissement. Hawkmoon continua de palper le corps de son compagnon quand celui-ci ouvrit péniblement les yeux. Ses lèvres laissèrent échapper un léger sifflement.

— Oladahn, comment te sens-tu ? demanda Hawkmoon avec anxiété.

— Hon ! J'ai la tête en feu, dit Oladahn dans un grognement. Où sommes-nous ?

— En sécurité. Essaye de te lever. L'aube va bientôt poindre et nous devons être revenus à Soryandum avant le jour pour ne pas être découverts par les hommes de D'Averc.

Oladahn parvint à se relever, non sans difficulté. Un hurlement s'éleva dans la caverne et des coups sourds retentirent contre le flanc de la colline.

— En sécurité ? dit Oladahn en tendant la main vers la faille. Peut-être — mais pas pour longtemps.

Hawkmoon se retourna brusquement. La bête mécanique était parvenue à agrandir l'ouverture et à engager la moitié de son corps dans celle-ci.

— Raison de plus pour nous hâter, dit Hawkmoon en ramassant son fardeau.

Puis il se mit à courir dans la direction de Soryandum.

Ils n'avaient pas encore parcouru plus de quelques centaines de mètres quand un bruit formidable se fit entendre derrière eux. Ils se retournèrent pour voir le flanc de la colline s'ébouler. Le monstre de métal apparut alors et poussa des hurlements qui se répercutèrent dans toutes les collines.

— Je l'ai aveuglée, dit Hawkmoon. Elle ne peut donc pas nous suivre. Mais il nous faut atteindre la ville si nous voulons vraiment lui échapper.

Ils accélérèrent le pas et atteignirent bientôt les abords de Soryandum.

L'aube se leva quelques instants plus tard mais les deux hommes couraient déjà dans les rues à la recherche de la maison du peuple des ombres.

CHAPITRE V

LA MACHINE

Rinal et deux autres ombres les rencontrèrent non loin de la maison et s'empressèrent de les porter jusqu'à la fenêtre.

Le soleil se leva et la lumière du jour entra par la fenêtre, rendant le peuple des ombres encore moins tangible qu'auparavant. Rinal se hâta de sortir les boîtes du sac de Dorian Hawkmoon.

— Elles sont exactement comme je me les rappelais, murmura-t-il tout en se mettant dans la lumière pour mieux voir les machines de cristal. — Sa main spectrale caressa l'octogone attenant à la base d'onyx. — A présent, nous n'avons plus rien à craindre des étrangers masqués. Nous pouvons leur échapper à tout instant...

— Je croyais que vous n'aviez pas la possibilité de vous enfuir hors de la ville, remarqua Oladahn.

— Oui, c'est vrai — mais grâce à ces machines, nous pourrons emporter toute la ville avec nous, si nous avons de la chance.

Hawkmoon voulut poser une question à Rinal quand il entendit un grand bruit dans la rue. Il s'approcha doucement de la fenêtre et vit D'Averc entouré de ses deux stupides lieutenants et d'une vingtaine de guerriers. L'un d'entre eux montrait la fenêtre du doigt.

— Ils ont dû nous repérer, dit Hawkmoon dans un hoquet. Nous devons nous enfuir, ces hommes sont trop nombreux.

Rinal eut l'air soucieux.

— Nous ne pouvons non plus nous en aller car, en utilisant notre machine, nous vous abandonnerons aux mains de D'Averc. Je ne sais que faire.

— Servez-vous donc de votre machine, dit Hawkmoon, et laissez-nous nous occuper de ce D'Averc.

— Nous ne pouvons vous laisser mourir ! Pas après tout ce que vous avez fait.

— Servez-vous de votre machine !

Mais Rinal hésitait encore.

Hawkmoon entendit un autre bruit à l'extérieur et jeta un nouveau coup d'œil par la fenêtre.

— Ils ont apporté des échelles et vont arriver d'un moment à l'autre. Faites fonctionner cette machine, Rinal !

Une femme du peuple des ombres dit d'une voix douce :

— Il a raison, Rinal. Sers-toi de cette machine. Si ce que l'on nous a dit est vrai, il est improbable que notre ami soit maltraité par D'Averc. Pas pour l'instant, en tout cas.

— Que voulez-vous dire ? lui demanda Hawkmoon. Qui vous a appris cela ?

— Nous avons un ami. Il n'appartient pas à notre peuple, lui expliqua la femme, mais vient parfois nous rendre visite et nous apporter des nouvelles du monde. C'est également un serviteur du Bâton Runique...

— Est-ce un guerrier vêtu d'une armure d'or et de jais ? l'interrompit Hawkmoon.

— Oui. Il nous a dit que...

— Duc Dorian ! s'écria Oladahn, la main tendue vers la fenêtre à laquelle apparaissait le premier des guerriers-sangliers.

Hawkmoon tira vivement son épée de son fourreau, fit un bond en avant et enfonça sa lame dans la gorge du sanglier qui retomba en arrière en poussant un cri d'horreur. Hawkmoon se saisit de l'échelle et essaya de la repousser ; mais en vain, car elle était fermement maintenue par en bas. Un autre guerrier se présenta à la fenêtre et Oladahn lui porta un coup à la tête afin de le déséquilibrer ; l'homme resta pourtant accroché et Hawkmoon dut abattre son épée sur les doigts du guerrier qui lâcha prise et s'écrasa au sol.

— La machine, dit Hawkmoon d'un air désespéré. Je vous en prie, Rinal, faites-la fonctionner. Nous ne tiendrons plus très longtemps.

Un bourdonnement s'éleva alors, léger et musical, et Hawkmoon sentit la tête lui tourner quand son épée rencontra celle d'un nouvel attaquant.

Tout se mit alors à vibrer rapidement et les murs de la maison prirent une teinte rouge vif. Dans la rue, les sangliers poussaient des cris — non pas de surprise mais bien de terreur. Hawkmoon ne parvenait pas à comprendre ce que ce spectacle pouvait avoir de si effrayant.

Il regarda par la fenêtre et vit que la ville tout entière avait pris la même coloration ; elle semblait vibrer en harmonie avec les bourdonnements rythmés de la machine. Puis, tout à coup, la ville et le bourdonnement disparurent et Hawkmoon tomba doucement vers le sol.

Il entendit Rinal lui dire d'une voix mourante :

— Nous vous avons laissé la seconde machine ; j'espère que ce présent vous aidera à combattre vos ennemis. Elle a la faculté d'envoyer de grandes portions de paysage dans une dimension spatio-temporelle quelque peu différente. Nos ennemis ne pourront s'emparer de Soryandum...

Hawkmoon atteignit alors le sol rocailleux ; Oladahn se trouvait à ses côtés. Il constata qu'il n'y avait plus aucune trace de la ville et que le terrain semblait avoir été passé à la charrue.

A quelque distance d'eux se trouvaient les

hommes de D'Averc et Hawkmoon comprit la raison de leur frayeur.

La bête mécanique était parvenue à entrer dans la ville et à attaquer les guerriers masqués. Sur le sol gisaient les cadavres sanglants des Granbretons. Poussés par D'Averc qui luttait l'épée à la main, les sangliers essayaient de détruire le monstre.

Ses écailles de métal s'agitaient furieusement, ses dents claquaient dans sa gueule et ses griffes d'acier déchiraient armures et poitrines.

— La bête s'occupera d'eux, dit Hawkmoon. Regarde — voilà nos chevaux.

Deux étalons terrorisés se tenaient à trois cents mètres de là ; Hawkmoon et Oladahn coururent dans leur direction puis montèrent en selle et s'enfuirent à toute bride tandis que la bête mécanique continuait de massacrer les sangliers de D'Averc.

L'étrange cadeau du peuple des ombres soigneusement rangé dans la sacoche de Dorian Hawkmoon, les deux aventuriers purent continuer leur voyage vers la côte.

Les herbes drues facilitèrent l'avance des chevaux qui franchirent rapidement les collines et atteignirent finalement la vaste vallée où coule l'Euphrate.

Ils assirent leur camp près des rives de ce fleuve puissant et discutèrent du meilleur moyen de franchir ses eaux impétueuses. Hawkmoon consulta sa carte et vit qu'il leur faudrait parcourir plusieurs kilomètres avant de pouvoir passer à gué.

Hawkmoon contempla les eaux teintées de sang par les premiers rayons du soleil couchant. Il poussa un profond soupir qui attira l'attention d'Oladahn.

— Quelque chose vous chagrine, Duc Dorian ? Je pensais que notre fuite vous avait mis de bonne humeur...

— L'avenir m'inquiète, Oladahn. Si D'Averc a dit la vérité au sujet de la blessure du Comte Airain, de la mort de von Villach et du siège de la Kamarg, je crains bien de ne trouver que la boue et les cendres promis par le Baron Meliadus.

— Attendons d'y être arrivés, dit Oladahn d'un air qui se voulait léger, car il est probable que D'Averc a cherché à vous attrister. La Kamarg résiste certainement toujours. Après ce que vous m'avez appris sur les défenses naturelles et la grande valeur de cette province, je ne doute pas un seul instant qu'ils tiennent encore tête au Ténébreux Empire. Vous verrez...

— Ah, Oladahn ! — Hawkmoon baissa les yeux vers le sol assombri. — Que puis-je savoir ? D'Averc avait très certainement raison quand il parlait des autres conquêtes de la Granbretanne. La Sicilia leur appartient et il doit en être de même pour les autres régions de l'Italia et de l'Espanyia. Est-ce que tu comprends ce que cela signifie ?

— Sorti des Montagnes Bulgares, je ne connais pas grand-chose en géographie, dit Oladahn d'un air quelque peu gêné.

— Cela signifie que toutes les routes — terrestres et maritimes — menant à la Kamarg sont bloquées par les hordes du Ténébreux Empire. Même si nous atteignons la mer et nous procurons un bateau, quelles chances aurons-nous de franchir sans encombre le détroit de Sicilia ? Les eaux doivent être noires de vaisseaux du Ténébreux Empire.

— Devons-nous absolument suivre cette route ? N'est-il pas possible de prendre le chemin que vous avez emprunté pour aller vers l'Est ?

Hawkmoon fronça les sourcils.

— J'ai traversé la plus grande partie de ce territoire par la voie des airs et cela nous prendrait deux fois plus de temps. Sans compter que la Granbretanne a dû faire de considérables gains de territoires dans ces régions.

— Il est possible de faire le tour des régions tombées entre leurs mains, dit Oladahn. Nous réussirons peut-être en passant par les terres, car la voie des mers me semble bloquée, d'après ce que vous dites.

— Oui, dit Hawkmoon d'un air pensif. Il faudrait alors traverser la Turkia — ce qui prendrait plusieurs semaines. Nous pourrions ensuite traverser la Mer Noire qui ne doit pas porter trop de navires granbretons. — Il consulta sa carte. — Oui — la Mer Noire puis la Roumanie — mais les difficultés augmenteront au fur et à mesure que nous approcherons de la France, car les forces du Ténébreux Empire se trouvent partout en ce lieu. Mais tu as raison, nos chances sont plus grandes par cette route. Il nous faudra peut-être tuer une paire de Granbretons afin de nous emparer de leurs masques. Le seul problème est que l'on ne peut lire sur leur visage s'ils sont amis ou ennemis. Si nous connaissions les langages secrets de leurs différents Ordres, nous pourrions voyager sans encombre, munis d'armures et de masques de bêtes.

— Alors, changeons de route, dit Oladahn.

— Oui. Nous partirons vers le Nord quand le soleil se lèvera.

Ils passèrent plusieurs journées à marcher le long des rives de l'Euphrate puis franchirent la frontière séparant la Syrie de la Turkia et arrivèrent finalement à la ville paisible de Birachek, où l'Euphrate prend le nom de Firat.

A Birachek, un aubergiste soupçonneux les prit tout d'abord pour des serviteurs du Ténébreux Empire et leur dit qu'il ne restait plus de chambres ; mais Hawkmoon lui montra le joyau noir qui ornait son front et lui dit :

— Je m'appelle Dorian, dernier Duc de Köln, et je suis l'ennemi juré de la Granbretanne.

L'aubergiste avait entendu parler de lui, en dépit de son isolement, et le laissa entrer dans sa maison.

Un peu plus tard, ils s'installèrent dans la grande salle de l'auberge et burent du vin tout en discutant avec des caravaniers arrivés peu avant eux à Birachek.

Les marchands étaient des hommes au teint basané, aux cheveux bleu-noir et à la barbe luisante. Ils portaient des chemises de cuir et des jupes de laine aux couleurs bigarrées et avaient jeté sur leurs épaules des capes de laine ornées de dessins géométriques pourpres, rouges et jaunes. Ils expliquèrent que ces capes montraient qu'ils étaient les hommes de Yenahan, marchand d'Ankara. A leur côté pendaient des sabres recourbés au pommeau richement décoré et à lame nue mais gravée. Ces marchands avaient la même habitude du duel que du commerce.

Leur chef, Saleem, avait un nez crochu et des yeux vifs ; il s'inclina devant eux et parla doucement au Duc de Köln et à son compagnon.

— Vous avez certainement appris que les émissaires du Ténébreux Empire font leur cour au Calife d'Istanbul et subventionnent ce monarque prodigue pour qu'il autorise un grand nombre de guerriers masqués à stationner dans les murs de la ville.

Hawkmoon secoua la tête.

— Je n'ai que peu de nouvelles du monde, mais je vous crois. Les Granbretons ont l'habitude d'utiliser l'or avant l'épée. Mais si l'or ne sert plus à rien, ils avancent leurs armes et leurs troupes.

Saleem hocha la tête.

— C'est ce que je pensais. Vous pensez donc que la Turkia n'est pas à l'abri des loups occidentaux ?

— Aucune partie du monde, pas même l'Amarekh, n'échappe à leurs ambitions. Ils rêvent de conquérir des pays qui n'existent peut-être que dans les fables. Ils veulent s'emparer de l'Asiacommunista, mais celle-ci doit d'abord être découverte. L'Orient et l'Arabie ne sont pour eux que des étapes.

— Ont-ils donc le pouvoir de faire tout cela ? demanda Saleem d'un air étonné.

— Oui, dit Hawkmoon avec assurance, mais ils ont également la démence, ce qui les rend sauvages, rusés — et ingénieux. J'ai vu Londra, la capitale de Granbretanne : ses vastes architectures sont celles de cauchemars devenus bien réels. J'ai vu le Roi-Empereur en personne flotter dans son trône sphérique — un immortel desséché dont la voix d'or est celle d'un jeune homme. J'ai vu les laboratoires des sorciers-savants, des cavernes innombrables emplies de machines étranges dont le fonctionnement reste bien souvent à redécouvrir. J'ai conversé avec les nobles et appris quelles étaient leurs ambitions — je sais à présent qu'ils sont encore plus déments que tout ce que l'on peut imaginer. Ils n'ont pas de sentiments humains, peu de considération les uns pour les autres et une haine farouche pour tous ceux qu'ils considèrent comme inférieurs — c'est-à-dire tous ceux qui ne sont pas granbretons. Ils crucifient des hommes, des femmes, des enfants et des animaux pour décorer et marquer les routes des territoires qu'ils ont conquis...

Saleem fit un geste de la main.

— Voyons, Duc Dorian, il me semble que vous exagérez...

Hawkmoon dit d'une voix puissante, tout en regardant Saleem dans les yeux :

— Ecoutez bien ceci, marchand de Turkia : il est *impossible* d'exagérer les actes cruels de la Granbretanne !

Saleem fronça les sourcils et frissonna :

— Je... je vous crois, dit-il. Mais j'aimerais mieux que cela ne soit pas. Comment la petite Turkia pourra-t-elle affronter tant de force et de cruauté ?

Hawkmoon soupira :

— Il n'y a malheureusement pas de solution toute faite. Je crois que vous devez vous unir et ne pas les laisser vous affaiblir en s'infiltrant progressivement dans votre peuple — mais je sais que les hommes sont avides et ne peuvent résister à la vue de l'or. Vous devez les affronter avec votre honneur et votre courage, votre sagesse et votre idéalisme. Pourtant, ceux qui leur résistent sont torturés et voient leurs femmes violées et déchirées devant eux ; leurs enfants servent d'amusement aux guerriers fous avant de terminer sur les bûchers qui embraseront la ville tout entière. Si toutefois vous ne cherchez pas à leur résister, vous serez tombés plus bas que la bête et ne mériterez plus le nom d'êtres humains. Croyez-moi, c'est en toute franchise que je vous parle. Je cherche à les détruire, car je suis leur ennemi juré ; mais, en dépit de mes alliés et de ma chance incroyable, je ne puis échapper à leur vengeance. Le seul conseil que je puis donner à ceux qui désirent s'opposer aux créatures du Roi Huon, c'est de se servir de la ruse. Soyez rusé, mon ami. C'est la seule arme qui nous reste pour affronter le Ténébreux Empire.

— Vous voulez dire que nous devons faire semblant de les servir ? demanda Saleem.

— C'est ce que j'ai fait. C'est pour cela que je suis vivant et relativement libre...

— Je me souviendrai de vos paroles, Duc Dorian.

— *Souvenez-vous-en bien*, l'avertit Hawkmoon. Le moment le plus difficile de votre compromis sera celui où vous déciderez de faire semblant de vous compromettre. Bien souvent, la déception devient réelle avant même que vous ne l'ayez compris.

Saleem caressa sa barbe :

— Je vous ai compris. — Il regarda les ombres qui dansaient, menaçantes, sur les murs de la salle. — Faudra-t-il attendre longtemps ?... L'Europe est déjà entre leurs mains.

— Savez-vous quelque chose sur une province portant le nom de Kamarg ? demanda Hawkmoon.

— La Kamarg, ce pays de monstres cornus et d'hommes aux pouvoirs étranges. Elle a résisté contre le Ténébreux Empire, sous le commandement de son chef, un géant de métal portant le nom de Comte Airain...

Hawkmoon se mit à sourire :

— Il y a beaucoup de légende là-dedans. Le Comte Airain est fait de chair et il n'y a plus beaucoup de monstres dans les marais de Kamarg. Les seules bêtes à cornes sont les chevaux et les taureaux de combat. Mais résistent-ils toujours au Ténébreux Empire ? Savez-vous quelque chose sur le Comte Airain, son lieutenant von Villach — et la fille du Comte, Yisselda ?

— J'ai entendu dire que le Comte Airain était mort, ainsi que son lieutenant. Mais je ne sais rien de la fille. D'après ce que l'on m'a dit, la Kamarg tient toujours.

Hawkmoon caressa le joyau noir :

— Vos informations ne sont pas assez précises. Je ne crois pas que la Kamarg puisse résister après la mort du Comte Airain. Si l'un périt, l'autre s'effondrera.

— Ce ne sont que de vagues rumeurs, lui dit Saleem. Nous autres, marchands, sommes certains de ce que l'on raconte dans les villages, mais les informations venues d'Occident sont obscures et imprécises. Vous venez de Kamarg ?

— C'est ma terre d'adoption. — Hawkmoon hésita un instant : — Si elle existe toujours.

Oladahn posa sa main sur l'épaule de Hawkmoon :

— Ne soyez pas abattu, Duc Dorian. Vous avez dit vous-même que les informations du marchand n'étaient pas assez précises. Attendez pour perdre tout espoir d'être plus près de votre but.

Hawkmoon fit un effort pour se débarrasser de ses noires pensées et commanda du vin et des pièces de mouton grillé accompagné de pain azyme chaud. Il réussit à paraître joyeux mais ne put s'empêcher de penser que tous ceux qu'il connaissait étaient morts et que la beauté sauvage des marais de Kamarg avait cédé la place à des ruines fumantes.

Chapitre VI

LE BATEAU DU DIEU FOU

Hawkmoon et Oladahn voyagèrent en compagnie de Saleem et des autres marchands jusqu'à la ville d'Ankara et le port de Zonguldak situé sur la Mer Noire ; entrés en possession de papiers que leur avait fourni le maître de Saleem, ils purent s'embarquer à bord de la *Sémillante*, seul bâtiment désireux de les emmener à Simferopol, sur la côte rocheuse d'un pays appelé Crimiée. La *Sémillante* n'avait rien d'un fier vaisseau : le capitaine était aussi sale que son équipage et les ponts inférieurs embaumaient d'un millier de remugles différents. Ils durent pourtant payer un prix exorbitant pour traverser sur ce rafiot, bien que leurs appartements fussent à peine plus propres que les sentines situées en dessous. Le Capitaine Muzo, avec ses moustaches graisseuses et ses yeux fuyants, ne leur inspirait pas confiance, de même que la bouteille de mauvais vin qui se trouvait constamment dans la patte velue du second.

Philosophe, Hawkmoon se dit que le bateau ne risquait pas d'attirer l'attention des pirates — et, pour la même raison, celle d'un bâtiment du Ténébreux Empire — puis se décida à monter à bord en compagnie d'Oladahn peu avant que la *Sémillante* ne quitte le port.

Elle leva l'ancre avec la marée ; ses voiles rapiécées se gonflèrent, faisant craquer chaque madrier. Puis elle mit lentement le cap au nord/nord-est tandis que le ciel assombri s'emplissait de pluie. La matinée froide et humide feutrait chaque bruit et rendait chaque geste pénible.

Drapé dans sa cape, Hawkmoon se tenait sur le gaillard d'avant et regardait Zonguldak s'éloigner derrière eux.

Le port disparut complètement et la pluie se mit à tomber à grosses gouttes quand Oladahn quitta le pont inférieur pour aller à la rencontre de Hawkmoon.

— J'ai fait de mon mieux pour nettoyer nos quartiers, Duc Dorian, mais il n'est pas possible de se débarrasser de la puanteur qui règne sur tout ce navire — sans parler des énormes rats qui se promènent un peu partout.

— Cela ira, lui dit Hawkmoon, stoïque. Nous avons connu bien d'autres épreuves et notre voyage ne dure que deux jours. — Il jeta un coup d'œil au second qui sortait péniblement de la timonerie. — Evidemment, je serais plus heureux si l'équipage et les officiers m'avaient l'air un peu plus capable. — Il se mit à sourire. — Si le second continue de boire et le capitaine de ronfler, nous allons bientôt nous retrouver sans commandement !

Les deux hommes ne descendirent pas et préférèrent rester sur le pont, occupés qu'ils étaient à regarder vers le nord et à essayer d'imaginer les épreuves qu'ils allaient devoir affronter avant d'arriver en Kamarg.

La pitoyable embarcation se traîna toute la journée sur une mer démontée par des vents sournois qui menaçaient à chaque instant de se changer en tempête. Le capitaine venait parfois sur le pont pour gueuler après ses hommes ou leur ordonner de monter dans la mâture pour ferler ou rentrer telle ou telle voile. Les ordres du capitaine Muzo semblaient d'ailleurs tout à fait arbitraires à Hawkmoon et à Oladahn.

Le soir venu, Hawkmoon alla rejoindre le Capitaine sur la passerelle et Muzo le regarda d'un air chafouin.

— Bonsoir, dit-il tout en reniflant et en essuyant son nez après ses manches. J'espère que la croisière vous plaît.

— A peu près, merci. Combien de temps avons-nous mis ?

— Ce qu'il faut, répondit le patron pour ne pas devoir regarder Hawkmoon dans les yeux. Ce qu'il faut. Dois-je demander au cuistot de vous préparer quelque chose ?

Hawkmoon hocha la tête :

— Oui.

Le second apparut alors sous la passerelle ; il chantait à voix basse et avait l'air d'être complètement saoul.

Une saute de vent soudaine bouscula le bateau qui se mit à rouler d'une manière dangereuse. Hawkmoon s'accrocha au bastingage, avec précaution toutefois, comme si ce dernier allait lui rester dans la main. Le capitaine Muzo ne s'occupait pas du danger et le second était couché sur le pont ; la bouteille quittait sa main tandis qu'il se rapprochait doucement du bord du vaisseau.

— Il vaudrait mieux lui donner un coup de main, dit Hawkmoon.

Le capitaine Muzo se mit à rire.

— Ne vous en faites pas, il a une veine d'ivrogne.

Le corps du second se trouvait à présent contre le bastingage de tribord et l'une de ses épaules pendait dans le vide. Hawkmoon descendit en courant l'escalier des coursives et rattrapa *in extremis* le second qui passait pardessus bord. Il le déposa sur le plancher du pont tandis qu'une nouvelle rafale jetait sur l'embarcation des paquets de mer écumeuse.

Hawkmoon regarda celui qu'il venait de secourir : le second était allongé sur le dos, les yeux fermés, tandis que ses lèvres continuaient de former les mots de sa chanson.

Hawkmoon se mit à rire, secoua la tête et appela le capitaine :

— Vous aviez raison, il a une veine d'ivrogne.

Il tourna ensuite sa tête vers le côté de bâbord et crut voir quelque chose flotter sur l'eau. La lumière diminuait rapidement mais il était certain d'avoir aperçu une embarcation de quelque sorte.

— Capitaine, est-ce que vous voyez quelque chose par là ? cria-t-il tout en s'approchant du bastingage pour mieux voir la masse mouvante des eaux.

— On dirait une sorte de radeau, lui répondit Muzo.

Une vague rapprocha la frêle embarcation et Hawkmoon fut capable de voir que trois hommes s'accrochaient désespérément au radeau.

— Ils ont dû faire naufrage, dit Muzo d'un ton neutre. Pauvres types ! — Puis il haussa les épaules. — Après tout, cela ne nous regarde pas...

— Capitaine, il faut les sauver, dit Hawkmoon. Oladahn, va me chercher une corde.

Le petit homme des Montagnes Bulgares trouva une longue corde dans la timonerie et revint en courant. Le radeau était toujours en vue et ses occupants continuaient de lutter contre la mort. Il disparaissait parfois au creux d'une vague pour réapparaître quelques instants plus tard ; mais il s'éloignait continuellement de la *Sémillante* et Hawkmoon comprit qu'il devait agir vite s'il voulait les sauver. Après avoir noué une extrémité de la corde autour du bastingage et passé l'autre autour de sa taille, il déposa sa cape et son épée et plongea dans la mer en furie.

Hawkmoon vit alors dans quelle situation il se trouvait. Il était presque impossible de lutter contre ces vagues gigantesques ; d'autre part, il pouvait à tout moment être précipité et assommé contre le flanc du bateau. Il lutta pourtant contre l'élément déchaîné, empêchant l'eau de pénétrer dans sa bouche et ses yeux.

Les naufragés venaient d'apercevoir le bateau et se tenaient tant bien que mal debout, agitant leurs bras et appelant au secours car ils n'avaient pas vu Hawkmoon s'approcher d'eux.

Hawkmoon apercevait de temps en temps les malheureux mais ne pouvait les voir avec précision. Deux d'entre eux se battaient, semblait-il, tandis que le troisième les regardait sans rien faire.

— Tenez bon ! cria Hawkmoon par-dessus le fracas de la mer et le gémissement du vent.

Il rassembla toute sa force et nagea vers le radeau qu'agitait un chaos furieux de vagues noires et blanches.

Hawkmoon s'agrippa finalement au bord du radeau et vit que les deux hommes se battaient réellement. Mais il vit aussi qu'ils portaient les masques d'animaux de l'Ordre du Sanglier. Ces hommes étaient des guerriers de Granbretanne.

Hawkmoon pensa un instant les abandonner à leur destin, mais se dit que cet acte le rabaisserait à leur niveau bestial et qu'il devait faire de son mieux pour les sauver. Ensuite seulement pourrait-il débattre de leur sort.

Il appela les deux lutteurs mais ceux-ci ne l'entendirent certainement pas. Ils poussaient des grognements sauvages et Hawkmoon se demanda si leur aventure ne leur avait pas fait perdre l'esprit.

Hawkmoon essaya de se hisser sur le radeau mais la mer et la corde qui le ceignait l'empêchèrent d'y parvenir. Le troisième homme lui fit un signe de tête qui ne voulait rien dire de particulier.

— Aidez-moi, dit Hawkmoon avec difficulté, ou je ne pourrai vous sauver.

L'homme se leva, se traîna sur le radeau puis, quand il fut à la hauteur des deux combattants, les prit par le cou et les poussa dans les flots déchaînés qui les engloutirent aussitôt.

— Ce cher Duc Hawkmoon ! dit la voix du sanglier. Comme je suis heureux de vous revoir. Voilà, je vous ai aidé. J'ai allégé votre fardeau.

Hawkmoon leva les yeux vers le sanglier qui se penchait pour lui tendre le bras.

— Vous avez assassiné vos amis, D'Averc ! J'ai bien envie de vous voir périr avec eux !

— Des amis ? Mon cher Hawkmoon, ils

n'étaient rien de tels. Des serviteurs, oui, mais pas des amis. — D'Averc se rattrapa aux planches du radeau quand ce dernier fut soulevé par une grosse vague, obligeant presque Hawkmoon à lâcher prise. — Ils étaient peut-être loyaux, mais terriblement ennuyeux. Et puis, ils se sont conduits comme des imbéciles. Je ne puis tolérer ce genre de chose. Allons, montez à bord de mon navire. Ce n'est pas grand-chose mais...

Hawkmoon se hissa sur le radeau puis fit un signe au bateau. Il sentit alors la corde se tendre quand Oladahn se mit à tirer.

— Je suis bien content que vous soyez là, dit d'Averc très calmement, car je me voyais déjà noyé. Heureusement que ce cher Duc de Kôln est arrivé sur son splendide vaisseau. Le destin nous réunit à nouveau, Duc.

— Oui, mais je crois que je vais vous jeter à l'eau comme vous l'avez fait de vos amis si vous ne tenez pas votre langue et ne m'aidez à tirer sur cette corde, gronda Hawkmoon.

Le radeau atteignit finalement la coque pourrie de la *Sémillante*. On leur jeta une échelle de corde et Hawkmoon grimpa rapidement pour enjamber avec soulagement le bastingage.

Quand Oladahn reconnut celui qui montait derrière, il poussa un juron et tira son épée mais Hawkmoon lui ordonna de ne rien faire.

— D'Averc est notre prisonnier et nous ferions mieux de le garder vivant ; nous en aurons peut-être besoin plus tard.

— Quel noble cœur ! s'écria D'Averc. — Puis il se mit à tousser. — Pardonnez-moi, mon équipée m'a encore affaibli. Après de nouveaux vêtements, un bon grog et une nuit de repos, je serai à nouveau moi-même.

— Vous avez de la chance que nous ne vous jetions pas dans la cale, dit Hawkmoon. Oladahn, conduis-le dans notre cabine.

Blottis dans la petite cabine qu'éclairait faiblement une lampe accrochée au plafond, Hawkmoon et Oladahn regardèrent D'Averc se débarrasser de son masque, de son armure et de ses vêtements mouillés.

— Comment êtes-vous arrivé sur ce radeau, D'Averc ? lui demanda Hawkmoon, tandis que le Français s'efforçait de se sécher.

Il était tout de même étonné par sa froideur apparente et se demanda s'il n'admirait pas D'Averc. Peut-être était-ce dû à son étonnante honnêteté autant qu'à son manque de désir de justifier ses actions, même si celles-ci étaient parfois sanglantes.

— C'est une longue histoire, mon cher ami. Ecardo, Peter et moi avons laissé les autres se débrouiller avec le monstre de métal que vous avez lâché sur nous. Nous avons regagné les collines et attendu l'arrivée de l'ornithoptère qui devait vous emmener en Sicilia. Celui-ci s'est mis à tourner en rond, étonné par la disparition de la ville, il va d'ailleurs falloir que vous m'expliquiez ce phénomène. Nous avons fait signe au pilote qui s'est posé à terre.

D'Averc s'arrêta un instant :

— Est-ce qu'il y a quelque chose à manger ?

— Le patron a demandé au cuistot de vous préparer un repas, lui dit Oladahn. Continuez.

— Nous étions trois hommes sans chevaux, perdus dans un coin retiré du reste du monde. Le pilote était, à ma connaissance, la seule personne à savoir que nous vous avions capturés et laissé échapper...

— Vous l'avez tué ? demanda Hawkmoon.

— C'était nécessaire. Nous sommes ensuite montés dans sa machine avec l'intention de regagner la base la plus proche.

— Vous saviez conduire l'ornithoptère ? dit Hawkmoon.

D'Averc se mit à sourire.

— Vous êtes tombé juste. J'ai une connaissance très limitée de ce genre de choses. Nous avons réussi à nous élever mais pas à nous diriger où nous voulions ; cette saleté d'appareil nous a transportés d'une manière quelque peu chaotique avant de s'écraser tout près d'une rivière. Le terrain était tendre, heureusement, et nous n'avons été que légèrement blessés. Ecardo et Peter commencèrent à se disputer et devinrent de plus en plus difficiles à commander. Nous avons ensuite construit un radeau qui devait nous emporter sur la rivière...

— C'était le même radeau ? demanda Hawkmoon.

— Oui, le même.

— Comment avez-vous fait pour vous retrouver en pleine mer ?

— Les marées, mon bon ami. Les courants, dit D'Averc avec un geste imprécis. Je ne savais pas que nous étions si près de l'estuaire. Pendant plusieurs jours, nous avons dérivé ; Peter et Ecardo n'arrêtaient pas de se chamailler et en venaient souvent aux mains, s'accusant mutuellement d'une chose dont j'étais le seul responsable. Vous ne pouvez pas savoir à quel point cette expédition fut pénible, duc Dorian.

— Vous méritiez pire, répondit sèchement Hawkmoon.

Quelqu'un frappa à la porte de la cabine. Oladahn répondit et fit entrer un moussaillon rachitique qui portait un plateau avec trois bols pleins de bouillon.

Hawkmoon tendit à D'Averc un bol de bouillon ; il hésita un instant puis se mit à boire avec avidité. Quand il eût terminé, il reposa le bol sur le plateau.

— Délicieux, dit-il. Pour une cuisine de bateau, ce n'est vraiment pas mal du tout.

Ecœuré par l'odeur, Hawkmoon tendit son bol au Français, imité peu après par Oladahn.

— Je vous remercie, dit D'Averc. Mais je suis partisan de la modération.

Hawkmoon admira une fois de plus la froideur du Français. La nourriture lui avait paru aussi mauvaise qu'aux autres mais il s'était efforcé de l'absorber sans sourciller et sans faire la moindre remarque.

D'Averc se détendit et se mit à bâiller.

— Si vous voulez bien m'excuser, messieurs, je crois que je vais dormir. Ces derniers jours ont été épuisants.

— Prenez ma couchette, lui dit Hawkmoon avec un geste de la main. Il oublia volontairement de préciser que toute une famille de cafards y avait fait son nid et ajouta d'un air détaché : Je vais demander au capitaine s'il a un hamac.

— Je vous suis très reconnaissant, dit D'Averc d'un air étonnamment sérieux qui fit se retourner Dorian Hawkmoon.

— De quoi donc ?

D'Averc se mit à tousser avec ostentation puis leva les yeux et dit de son habituel ton moqueur :

— Eh bien, mon cher Duc, de m'avoir sauvé la vie, évidemment.

La tempête se calma au matin et, quoique la mer fût toujours agitée, elle était bien plus calme que la veille au soir.

Hawkmoon retrouva d'Averc sur le pont du bateau. Il portait une chemise et des braies de velours vert et s'inclina devant Hawkmoon quand celui-ci s'approcha.

— Vous avez bien dormi ? demanda Hawkmoon.

— Excellemment, répondit D'Averc dont les yeux étaient pleins d'humeur, signe qu'il avait été piqué un bon nombre de fois.

— Nous devrions arriver ce soir, lui dit Hawkmoon. Vous serez mon prisonnier, mon otage, si vous préférez.

— Votre otage ? Vous croyez donc que le Ténébreux Empire s'intéresse à moi maintenant que j'ai échoué dans ma mission ?

— Nous verrons, dit Hawkmoon tout en caressant le joyau sombre qui ornait son front. Si vous essayez de vous enfuir, je vous tuerai certainement, avec autant de pitié que vous en avez eu pour vos hommes.

D'Averc toussa dans le mouchoir qu'il tenait à la main.

— Je vous dois la vie, lui dit-il. Vous pouvez en faire ce que bon vous semblera.

Hawkmoon parut soucieux. D'Averc avait l'esprit trop torturé pour qu'il parvienne à le comprendre tout à fait. Il commençait même à regretter la décision qu'il avait prise ; le Français était peut-être plus fort qu'il ne le croyait.

Oladahn déboucha en courant sur le pont.

— Duc Dorian, cria-t-il en tendant la main vers les flots. Une voile, elle vient tout droit sur nous !

— Nous ne craignons pas grand-chose, lui dit calmement Hawkmoon. Les pirates ne s'intéressent pas à nous.

Mais, quelques instants plus tard, Hawkmoon remarqua que l'équipage était pris de panique ; le capitaine passa à côté de lui en courant et il l'attrapa par le bras.

— Capitaine Muzo, que se passe-t-il ?

— Nous sommes en danger, sire, dit le capitaine d'une voix haletante. En grand danger. Vous n'avez donc pas vu la voile ?

Hawkmoon scruta l'horizon du regard et vit que le bateau ne portait qu'une seule et unique voile noire. Sa seule décoration était un emblème que Dorian Hawkmoon ne parvenait pas à distinguer.

— Ils ne nous ennuiront certainement pas, dit-il. Pourquoi chercherait-il à attaquer une coquille de noix comme celle-là ? Et puis, vous avez dit vous-même que nous ne transportions aucune cargaison.

— Ils se moquent complètement de ce que nous pouvons transporter, sire. Ils attaquent tout ce qui bouge sur l'océan. Ils sont comme les baleines en furie, Duc Dorian, leur plaisir n'est pas de voler mais de détruire !

— Qui sont-ils ? Ce n'est certainement pas un navire de Granbretanne, dit D'Averc.

— Même eux nous laisseraient passer, dit à voix basse le capitaine Muzo. Non, ceux qui conduisent ce bateau pratiquent le Culte du

Dieu Fou. Ils viennent de Moskovie et cela fait maintenant plusieurs mois qu'ils font régner la terreur sur cette mer.

— Visiblement, ils ont l'intention de nous attaquer, dit D'Averc. Avec votre permission, Duc Dorian, je vais aller chercher mon armure et mon épée.

— J'y vais aussi, dit Oladahn. Je vous rapporterai votre épée.

— Ce n'est même pas la peine de vous battre ! s'écria le second qui secouait sa bouteille en tout sens. Autant vous jeter tout de suite à la mer !

— Oui, dit le capitaine Muzo tout en regardant D'Averc et Oladahn descendre chercher leurs armes. Il a raison. Ils sont bien plus nombreux que nous et nous mettrons en pièces. S'ils nous font prisonniers, nous serons torturés pendant des jours d'affilée.

Hawkmoon voulut dire quelque chose au capitaine, mais sursauta en entendant un bruit de chute. Le second avait sauté à l'eau. Hawkmoon courut jusqu'au bastingage mais ne put rien voir.

— N'allez pas à son secours, laissez-le, dit Muzo. Il est le moins fou d'entre nous.

Le bateau maléfique n'était plus très loin d'eux ; sa voile noire était décorée d'une paire d'ailes rouges qui entouraient un visage bestial et grimaçant. Sur le pont se trouvaient plusieurs dizaines d'hommes complètement nus mais armés de lourdes épées. Un bruit étrange s'éleva alors qu'Hawkmoon ne put d'abord reconnaître. Puis il regarda à nouveau la voile noire et comprit de quoi il s'agissait.

C'était un rire sauvage et démentiel, pareil à celui de tous les damnés de l'enfer.

— Le bateau du Dieu Fou, dit le capitaine Muzo dont les yeux commençaient à s'emplir de larmes. C'est la fin.

Chapitre VII

L'ANNEAU

Appuyés sur le bastingage, Hawkmoon, Oladahn et D'Averc regardaient s'approcher l'étrange embarcation.

Les membres de l'équipage s'étaient regroupés autour de leur capitaine, le plus loin possible des attaquants.

Hawkmoon comprit, en voyant les yeux exorbités et les bouches écumantes des marins fous, qu'ils n'avaient aucun espoir de s'en sortir. Des grappins jaillirent du bateau du Dieu Fou et vinrent mordre dans le bois tendre de la *Sémillante.* Les trois hommes n'attendirent pas un seul instant pour essayer de trancher les cordages et réussirent à en détruire la plus grande partie.

Hawkmoon cria au capitaine :

— Faites monter vos hommes dans la mâture ! (Mais les marins terrorisés ne bougèrent pas.) Vous serez plus en sûreté dans les gréements !, cria à nouveau Hawkmoon aux marins qui n'osaient pas faire le moindre geste.

Hawkmoon dut porter son attention sur le bateau des attaquants et fut horrifié de voir qu'il n'était plus qu'à quelques mètres d'eux : son équipage dément se tenait debout sur le bastingage, prêt à bondir sur le pont de la *Sémillante.* Les lames des poignards étaient découvertes, leur rire sauvage emplissait l'air et le goût du sang se lisait sur leur visage grimaçant.

Le premier d'entre eux se jeta sur Hawkmoon, le corps luisant et l'épée à la main. Mais le Duc de Köln l'accueillit de la pointe de son arme et l'homme retomba lourdement dans l'espace étroit qui séparait encore les deux navires. En un instant, l'air fut plein de corps nus et brillants, de clameurs sauvages et de ricanements démentiels. Les trois hommes parvinrent à stopper la première vague, taillant les corps en pièces et éclaboussant toute chose de leur sang rouge sombre, mais durent reculer progressivement quand les dizaines d'attaquants se jetèrent sur le pont, combattant sans technique mais dotés d'un mépris total de leur propre existence.

Hawkmoon se trouva séparé de ses camarades et ne parvint plus à voir s'ils vivaient encore ou étaient déjà massacrés. Les hommes nus formaient des grappes humaines qui s'accrochaient à lui et il devait pour se défendre faire de terribles moulinets qui tranchaient les chairs et les membres. Couvert de sang de la tête aux pieds, il luttait inlassablement. Seuls luisaient ses yeux bleus et froids sous la visière de son casque.

Et pendant tout ce temps, les hommes du Dieu Fou continuaient de rire, même quand l'épée les transperçait ou leur arrachait une partie du corps.

Hawkmoon savait qu'il serait finalement écrasé. Déjà son épée se faisait lourde dans ses mains ; déjà ses genoux fléchissaient. Appuyé contre le mât principal, il taillait sans répit dans la chair des déments qui n'avaient d'autre désir que de lui ôter la vie.

Deux épées l'attaquèrent au même instant : il parvint à parer le coup, mais tomba sur les genoux. Le rire des marins fous se fit alors plus violent, comme s'ils sentaient la victoire à portée de leurs mains.

Il parvint à arracher la lame d'un de ses attaquants et à se relever péniblement ; après un terrible moulinet qui fit reculer les hommes du Dieu Fou, il courut en direction de l'escalier des cabines et monta rapidement jusqu'à la passerelle de commandement. Puis il se retourna pour lutter à nouveau, avantagé par le fait que les marins fous se bousculaient dans le petit escalier et ne se présentaient à lui que deux par deux. Un regard en arrière lui apprit qu'Oladahn et D'Averc se trouvaient dans les gréements, tenant ainsi leurs ennemis en échec. Puis il jeta un coup d'œil vers le bateau du Dieu Fou, maintenant déserté : l'équipage au complet se trouvait sur la *Sémillante* et Hawkmoon eut une idée en voyant les quelques grappins qui subsistaient entre les deux bateaux.

Après un nouveau moulinet, il sauta sur le pont afin de s'emparer d'un cordage qui pendait de la mâture puis, prenant son élan, s'élança dans les airs.

Il fit des vœux pour que la corde soit assez longue et retomba lourdement sur le pont du bateau du Dieu Fou. Il fut debout en un instant et commença à trancher les derniers grappins tout en criant : « Oladahn ! D'Averc ! Avec moi ! »

Les deux hommes l'aperçurent et montèrent plus haut dans les gréements afin d'échapper aux marins nus qui s'étaient lancés à leur poursuite.

Déjà le bateau du Dieu Fou s'éloignait de la *Sémillante.* Marchant avec précaution sur le bout de vergue du mât principal, D'Averc s'élança vers la voile noire et se rattrapa péniblement à un cordage qui pendait. Il resta quelques instants accrochés dans le vide puis parvint à reprendre son équilibre et à descendre sur le pont.

Oladahn l'imita mais sa tentative fut moins fructueuse et il tomba sur le pont, les bras en croix.

Plusieurs marins essayèrent de les suivre et un certain nombre d'entre eux parvint effectivement à sauter sur le pont de leur propre navire. Sans s'arrêter de rire, ils se jetèrent tous ensemble sur Hawkmoon, délaissant Oladahn qu'ils croyaient déjà mort.

Hawkmoon avait du mal à se défendre comme il l'aurait souhaité. Une lame le blessa au bras, une autre au visage. Quand, tout à coup, quelqu'un s'élança sur les guerriers nus, happant sans pitié les corps luisants.

C'était D'Averc qui, revêtu de son armure à tête de sanglier et dégoulinant du sang de ceux qu'il avait massacrés, paraissait aussi furieux que les marins eux-mêmes. Oladahn se releva ensuite et, après avoir poussé son cri de guerre, se jeta sur les quelques marins qui résistaient encore.

Le combat ne dura plus que quelques instants. Ceux qui n'avaient pas été taillés en pièces s'étaient jetés à l'eau, imités par les quelques guerriers qui étaient restés sur le pont de la *Sémillante.*

Hawkmoon jeta un coup d'œil vers la mâture de la *Sémillante* et vit que la plus grande partie de l'équipage du capitaine Muzo était saine et sauve — pour s'être réfugiée à la dernière minute dans le mât d'artimon.

D'Averc prit alors la barre du bateau du Dieu Fou et mit une distance convenable entre celui-ci et la *Sémillante.*

— Eh bien, dit Oladahn tout en essuyant son épée et en inspectant ses blessures, nous nous en sommes bien tirés. Ce bateau a même l'air plus rapide que l'autre.

— Avec un peu de chance, nous arriverons à destination avant la *Sémillante,* dit Hawkmoon avec un sourire. J'espère qu'elle va toujours en Crimée car toutes nos affaires se trouvent à bord.

D'Averc maintint la barre sur le nord et la voile unique se gonfla, laissant derrière elle les marins fous qui continuaient de rire, même quand la mer les engloutissait à jamais.

Après avoir aidé D'Averc à bloquer la barre pour que le navire suive seul sa course, ils entreprirent d'explorer les ponts et les cabines. Ces dernières étaient pleines du fruit de nombreux pillages mais contenaient également bon nombre de choses sans valeur — armes brisées et instruments de navigation, paquets de vêtements. Çà et là gisaient quelques cadavres pourrissants et quelques corps atrocement mutilés.

Les trois hommes décidèrent de commencer par se débarraser des cadavres ; ce travail fut long et pénible car il fallait envelopper dans les vêtements les corps déchiquetés avant de les lancer à la mer.

Oladahn s'arrêta subitement au beau milieu de sa funeste occupation, les yeux rivés sur une main humaine momifiée. Il la ramassa à contrecœur et remarqua qu'un anneau était passé au petit doigt. Puis il jeta un coup d'œil à Hawkmoon.

— Duc Dorian...

— Que se passe-t-il ? Ne t'occupe pas de cette bague. Jette le tout à la mer.

— Non, regardez cette bague. Elle porte un dessin étrange...

Hawkmoon traversa rapidement la cabine sombre. Il s'empara de la main momifiée et poussa un cri de surprise :

— Non ! Ce n'est pas possible !

La bague appartenait à Yisselda. C'était celle que le Comte Airain avait glissée à son doigt à l'occasion de ses fiançailles avec Dorian Hawkmoon.

Sans prononcer une parole, Hawkmoon regardait, hébété, la main coupée.

— Qu'y a-t-il ? murmura Oladahn. Qu'avez-vous vu ?

— C'est la sienne. C'est la bague de Yisselda.

— Mais que ferait-elle sur cet océan, à des centaines de miles de la Kamarg ? C'est impossible, Duc Dorian.

— Cette bague lui appartient. (Hawkmoon regarda à nouveau la main momifiée et dit, avec un certain soulagement :) Mais... cette main n'est pas la sienne. Regarde, l'anneau rentre difficilement au petit doigt. Le Comte Airain l'avait glissé au majeur et encore était-elle un peu trop grande. Ce doit être la main d'un quelconque voleur. (Il arracha le précieux anneau avant de rejeter la main sur le plancher de la cabine.) Peut-être quelqu'un qui se trouvait en Kamarg et qui a eu la possibilité de s'emparer de l'anneau... (Il secoua la tête :) Non, c'est improbable. Mais quelle est donc la véritable explication ?

— Elle a peut-être voyagé dans cette contrée ? Peut-être était-elle à votre recherche ? proposa Oladahn.

— Ce serait de la folie mais cela n'a malheureusement rien d'improbable. Dans ce cas, où se trouverait-elle à présent ?

Oladahn voulut lui répondre mais un rire terrible retentit au-dessus d'eux. Ils levèrent la tête vers l'entrée des coursives.

Un visage grimaçant et démentiel les contemplait. L'un des guerriers fous avait dû réussir à monter à bord du bateau et était maintenant prêt à leur sauter dessus.

Hawkmoon réussit à tirer son épée avant que le démon ne l'attaque, et le métal résonna.

Oladahn tira également son épée, imité par D'Averc, mais Hawkmoon leur cria :

— Prenez-le vivant ! Je veux qu'il parle !

Oladahn et D'Averc se jetèrent sur le guerrier qui chercha à les rejeter sans y parvenir. Oladahn lui passa une corde autour du corps et il se trouva bientôt immobilisé, ce qui ne l'empêcha pas de ricaner, les yeux fermés et la bouche écumante.

— Pourquoi le garder en vie ? demanda D'Averc. Pourquoi ne pas lui couper la gorge et se débarrasser de lui ?

— Voici, dit Hawkmoon, un anneau que je

viens de trouver. (Il le lui montra.) Il appartient à Yisselda, la fille du Comte Airain. Je veux savoir comment ces hommes s'en sont emparé.

— C'est étrange, dit D'Averc en fronçant les sourcils. Je croyais que la fille était toujours en Kamarg où elle soignait son père.

— Ainsi donc, le Comte Airain est blessé ?

D'Averc sourit :

— Oui. Mais la Kamarg résiste toujours. J'ai cherché à vous troubler, Duc Dorian. Je ne sais pas si le Comte Airain est grièvement blessé, mais il est toujours vivant. C'est l'un de ses compagnons, Noblegent, qui s'occupe du commandement des troupes. J'ai appris cela alors que je faisais la liaison entre la Kamarg et le Ténébreux Empire.

— Vous ne savez rien sur Yisselda ? Vous ne savez pas si elle a quitté la Kamarg ?

— Non, dit D'Averc qui avait l'air soucieux. Mais je crois me souvenir... Ah, oui... un homme qui servait dans l'armée du Comte Airain... je crois qu'on lui a commandé d'enlever la fille mais sa tentative a été infructueuse.

— Comment le savez-vous ?

— Juan Zhinaga, c'est son nom, a disparu. Il est probable que le Comte Airain l'a fait assassiner après avoir découvert sa perfidie.

— J'ai du mal à croire que Zhinaga puisse être un traître. Je l'ai connu, il était capitaine de la cavalerie.

— Nous l'avons capturé pendant la seconde

bataille de Kamarg, dit D'Averc avec un sourire. Une partie de sa famille était sous notre protection...

— C'est du chantage !

— Oui, mais je n'en suis pas responsable. J'ai appris cela à Londra, pendant un conseil réunissant les principaux capitaines du Roi-Empereur Huon.

Hawkmoon eut l'air sombre.

— En supposant que Zhinaga ait réussi, et qu'il ait été arrêté par des hommes du Dieu Fou avant de pouvoir regagner la Granbretanne...

D'Averc secoua la tête.

— Ils ne sont jamais allés au sud de la France. Nous l'aurions su...

— Alors, que s'est-il passé ?

— Demandons à ce gentilhomme, proposa D'Averc en s'avançant vers le dément dont le rire n'était plus qu'un inaudible gargouillis.

— Espérons que nous en tirerons quelque chose, dit Oladahn d'un air soupçonneux.

— Faudra-t-il employer la force ? demanda D'Averc.

— J'en doute, répondit Hawkmonn. Ils ne connaissent pas la peur. Il nous faut employer une autre méthode. (Il jeta un regard dégoûté au marin fou et ajouta :) Nous allons le laisser pendant quelque temps. Espérons qu'il sc calmera.

Ils remontèrent sur le pont avant de refermer la trappe qui menait aux coursives. Le soleil allait se coucher et les côtes de Crimiée apparaissaient au loin — rochers noirs sur un ciel de pourpre. La mer était calme et teintée du soleil couchant tandis que le vent soufflait constamment en direction du nord.

— Je vais rectifier notre course, dit D'Averc. Il me semble que nous allons un peu trop vers le nord.

Il s'approcha de la barre, enleva les cordages qui la maintenaient et la fit tourner de plusieurs degrés.

Hawkmoon hocha la tête d'un air absent tout en regardant D'Averc qui, la visière de son casque relevée, conduisait habilement le bateau.

— Il faudra jeter l'encre ce soir, dit Oladahn, et repartir demain matin.

Mais Hawkmoon ne lui répondit pas. Son esprit était accablé de questions laissées sans réponses. Les combats des vingt-quatre dernières heures l'avaient épuisé et il craignait de devenir semblable au marin dément qui dormait maintenant dans une cabine.

Un peu plus tard, les lampes accrochées au plafond leur permirent de contempler le visage du dormeur. Le bateau était à l'ancre et les vagues qui l'agitaient faisaient mouvoir les ombres sur les murs de la cabine. Quelque part, un rat poussa son cri mais les trois hommes n'y prêtèrent pas attention. Ils avaient dormi quelques heures et se sentaient plus reposés.

— Comment t'appelles-tu ? demanda Hawkmoon. Le marin ouvrit les yeux et regarda Hawkmoon d'un air étonné. Les lueurs de folie avaient disparu de son regard.

— Comment t'appelles-tu ? répéta Hawkmoon.

— Coryanthum de Kerch... Qui êtes-vous ? Où suis-je ?

— Tu devrais le savoir, lui dit Oladahn. A bord de ton propre navire. Tu ne t'en souviens pas ? Tes compagnons et toi-même avez attaqué notre bateau. Nous nous sommes battus avant de nous enfuir. Tu as nagé derrière nous et as essayé de nous tuer.

— Je me souviens d'avoir appareillé, dit Coryanthum d'un air terrorisé. Mais c'est tout. Il essaya de se relever mais n'y parvint pas. Pourquoi suis-je ligoté ?

— Parce que tu es dangereux, dit D'Averc. Tu es fou.

Coryanthum se mit à rire d'une manière tout à fait naturelle.

— Moi, fou ? C'est ridicule !

Les trois hommes se regardèrent, abasourdis. Leur prisonnier n'était plus du tout le même.

Hawkmoon entrevit alors la vérité.

— Quelle est la dernière chose dont tu te souviennes ?

— Le capitaine nous a parlé.

— Et qu'a-t-il dit ?

— Nous devions participer à une cérémonie. Boire un certain breuvage... c'est tout. (Coryanthum parut soucieux.) J'ai bu...

— Comment est votre voile ? lui demanda Hawkmoon.

— Notre voile ? Pourquoi ?

— Est-ce qu'elle a quelque chose de particulier ?

— Pas spécialement. Elle est bleu foncé. C'est tout.

— C'est un navire marchand, n'est-ce pas ? demanda Hawkmoon.

— Oui.

— C'est ton premier voyage sur ce bateau ?

— Oui.

— Quand t'es-tu enrôlé ?

Coryanthum avait l'air impatient.

— La nuit dernière, mon ami — c'était le Jour du Cheval, selon le calendrier de Kerch.

— Et selon le calendrier universel ?

Le marin leva les sourcils.

— Oh... le onzième jour du troisième mois.

— Il y a trois mois, dit D'Averc.

— Eh ? Coryanthum tourna la tête vers le Français. Trois mois ? Qu'est-ce que vous voulez dire ?

— Tu as été drogué, lui expliqua Hawkmoon. On t'a ensuite poussé à commettre les pires actes de piraterie dont on a jamais entendu parler.

Est-ce que tu sais quelque chose sur le culte du Dieu Fou ?

— Oui. Je sais qu'il se pratique en Ukranie et que ses adorateurs se sont disséminés un peu partout, même sur les océans.

— Sais-tu que ta voile porte maintenant l'emblème du Dieu Fou ? Qu'il y a quelques heures, tu poussais des hurlements de dément ? Regarde ton corps...

Hakmoon se pencha pour trancher les liens.

Coryanthum de Kerch se leva lentement et regarda son corps avec surprise.

— Je... je ne comprends pas. Est-ce une plaisanterie ?

— Oui, une mauvaise plaisanterie dont nous ne sommes pas responsables, dit Oladahn. La drogue t'a rendu fou et on t'a ensuite ordonné de tuer et de piller. Ton capitaine était certainement le seul à connaître les effets de cette drogue et il est évident qu'il ne se trouve plus à bord. Te souviens-tu d'autre chose ? Du pays où tu devais aller ?

— Non.

— Le capitaine voulait assurément rejoindre son bateau un peu plus tard afin de le conduire dans son port habituel, dit D'Averc. Ce bateau est peut-être en contact régulier avec les autres.

— Il doit y avoir de grosses cargaisons de drogue à bord, dit Oladahn. Ils devaient en absorber régulièrement. C'est parce que nous l'avons ligoté qu'il a pu retrouver ses esprits.

— Comment te sens-tu ? demanda Hawkmoon au marin.

— Faible, comme si ma vie s'en allait lentement.

— Cela ne m'étonne pas, dit Oladahn. Cette drogue doit finir par les tuer. C'est monstrueux ! Prendre des innocents, leur donner une drogue qui les rend fous et les oblige à commettre des crimes ignobles, récolter le butin qu'ils ont amassé et les laisser mourir. Je croyais que le culte du Dieu Fou n'était pratiqué que par d'innocents fanatiques, mais il semble qu'il y ait quelqu'un de très intelligent derrière tout cela !

— Sur la mer, en tout cas, poursuivit Hawkmoon. J'aimerais cependant tenir le responsable de tout cela. Lui seul pourra me dire où se trouve Yisselda.

— Il faut d'abord se débarrasser de cette voile, dit D'Averc. Nous rentrerons au port avec la marée. Je ne pense pas que nous serions très bien accueillis si nous gardions cette voile maudite. De plus, nous pourrons utiliser ce trésor. Nous sommes riches !

— Vous êtes toujours mon prisonnier, D'Averc, lui rappela Hawkmoon. Mais il est vrai que nous pouvons disposer d'une partie de cette fortune puisque les pauvres diables à qui elle appartenait sont tous morts à présent. Nous donnerons le reste à ceux qui ont perdu parents et fortunes à cause des marins du Dieu Fou.

— Et ensuite ? demanda Oladahn.

— Nous appareillerons à nouveau, et nous attendrons la venue du propriétaire de ce bateau.

— Nous ne sommes pas sûrs qu'il viendra. Il apprendra peut-être que nous sommes allés à Simferopol, dit Oladahn.

Hawkmoon sourit d'un air malicieux :

— Dans ce cas, son désir de nous retrouver sera encore plus fort.

Chapitre VIII

LE SERVITEUR DU DIEU FOU

Une partie du butin servit à acheter de nouveaux équipements, des chevaux et des provisions pour le bateau tandis que le reste fut confié à un marchand que chacun considérait comme le plus honnête de toute la Crimiée. La *Sémillante* arriva peu après l'embarcation d'Hawkmoon qui s'empressa d'acheter le silence du capitaine pour tout ce qui concernait la voile noire et les hommes du Dieu Fou. Il retrouva ensuite ses affaires, parmi lesquelles se trouvait le sac qui contenait le cadeau de Rinal. Puis, accompagné d'Oladahn et de D'Averc, il regagna son navire et appareilla avec la marée du soir après avoir laissé Coryanthum aux bons soins du marchand.

Le sombre navire dériva pendant plus d'une semaine sur une mer que n'agitait aucun vent. Hawkmoon reconnut pourtant qu'ils s'approchaient lentement du détroit séparant la Mer

Noire de la Mer d'Azov et qu'ils se trouvaient non loin de la ville de Kerch où Coryanthum avait été recruté.

D'Averc se reposait dans un hamac qu'il avait accroché au beau milieu du navire et toussait parfois d'une manière théâtrale tout en faisant des remarques sur la monotonie de sa croisière. Oladahn passait des journées entières à scruter l'horizon du haut du nid-de-pie tandis qu'Hawkmoon arpentait le pont tout en se demandant si le seul intérêt de son plan n'était pas de savoir ce qu'il était advenu de sa fiancée, Yisselda. Il commençait même à douter que l'anneau fut le sien et se disait que des bagues semblables avaient peut-être été fabriquées en Kamarg, plusieurs années auparavant. Quand, un matin, une voile apparut à l'horizon, dans la direction du nord-ouest.

Ce fut Oladahn qui la vit en premier et il cria à Hawkmoon de monter sur le pont. Celui-ci grimpa quatre à quatre l'escalier des coursives et porta ses regards vers la mer : c'était peut-être le bateau qu'ils attendaient.

— Descendez, cria-t-il. Tout le monde en bas !

Oladahn se laissa glisser le long des gréements tandis que D'Averc sautait de son hamac et se dirigeait rapidement vers la trappe menant aux coursives. Tapis dans l'obscurité de la cabine centrale, ils attendirent...

Après ce qui leur parut être une heure, ils

entendirent un choc sourd et comprirent qu'un navire s'était rangé le long du leur. Mais ce n'était peut-être qu'un innocent bâtiment curieux de savoir ce que signifiait cette embarcation où ne s'affairait aucun marin.

Quelques instants plus tard, Hawkmoon entendit des bruits de pas résonner sur le pont principal, signe que quelqu'un arpentait le navire sur toute sa longueur. Puis il y eut un silence quand l'intrus pénétra dans une cabine ou monta sur la passerelle de commandement.

Les bruits de pas se firent entendre à nouveau qui, cette fois-ci, se dirigeaient franchement vers la cabine centrale.

Hawkmoon vit une silhouette penchée au-dessus des ténèbres où ils restaient immobiles puis l'homme descendit lentement l'échelle : ce fut ce moment que choisit Hawkmoon pour se jeter sur lui.

Ses bras se refermèrent sur un homme mesurant près de deux mètres de haut, à la barbe noire et fournie, aux cheveux nattés et à la poitrine protégée par une épaisse plaque de bronze. Il poussa un rugissement de surprise et se retourna brusquement, entraînant Hawkmoon avec lui. Le géant était incroyablement fort et ses mains épaisses défaisaient déjà l'étreinte des bras de Dorian Hawkmoon.

— Vite, aidez-moi à le tenir, cria Hawkmoon

à ses amis qui se précipitèrent sur le colosse et le renversèrent à terre.

D'Averc tira son épée. Son masque de métal ciselé lui donnait un air terrible et il posa délicatement la pointe de son arme sur la gorge du géant.

— Comment t'appelles-tu ? demanda D'Averc d'une voix sonore.

— Capitaine Shagarov. Où est mon équipage ?

Le géant barbu les regarda dans les yeux, comme s'il se moquait totalement d'avoir été fait prisonnier.

— Où est mon équipage ?

— Tu veux peut-être parler des fous que tu as envoyés à la mort ? Lui dit Oladahn. Ils se sont tous noyés, tous sauf un qui nous a tout raconté !

— Imbéciles ! s'écria Shagarov. Vous n'êtes que trois et vous croyez que vous allez pouvoir me faire prisonnier ? Vous ne savez donc pas que mon bateau est plein d'hommes en armes ?

— Tu peux remarquer que nous avons déjà pris ce bateau, lui dit D'Averc d'un air amusé. Nous pouvons très bien recommencer l'opération, ce n'est qu'une question d'habitude.

Les yeux de Shagarov s'emplirent un instant de terreur mais son visage retrouva bientôt ses traits sévères.

— Je ne vous crois pas. Ceux qui étaient à bord de ce navire ne vivaient que pour tuer. Comment auriez-vous pu... ?

— Pourtant, nous sommes là, dit D'Averc en se tournant vers Hawkmoon. Irons-nous sur le pont pour passer à la suite de nos opérations ?

— Un instant. — Hawkmoon se pencha vers Shagarov. — Je veux le questionner. Shagarov, tes hommes ont-ils capturé une jeune fille ?

— Ils avaient l'ordre de ne tuer aucune fille mais de me les amener.

— Et pourquoi cela ?

— Je n'en sais rien, j'ai reçu l'ordre de lui envoyer des filles, c'est ce que j'ai fait. — Shagarov se mit à rire. — Vous n'allez pas me garder longtemps. Vous serez tous morts dans une heure, vous savez ? Mes hommes vont se douter de quelque chose.

— Que n'en as-tu fait monter à bord avec toi ? Peut-être est-ce parce qu'ils ne sont pas fous, peut-être même parce qu'ils seraient dégoûtés par ce qu'ils trouveraient.

Shagarov haussa les épaules.

— Ils viendront si je les appelle.

— C'est possible, dit D'Averc. Lève-toi, à présent.

— Ces filles continua Hawkmoon, où les as-tu envoyées, et à qui ?

— Vers les terres, évidemment. Pour mon maître, le Dieu Fou.

— Ainsi donc tu sers le Dieu Fou, tu ne trompes personne en faisant croire que ces actes de piraterie sont commis par ses fidèles.

— Oui, je suis son serviteur bien que je ne

pratique pas son culte. Ses suivants me payent pour écumer les mers et leur ramener du butin.

— Ne peuvent-ils faire autrement ?

Shagarov se mit à ricaner.

— Ce culte ne possède pas de marins. L'un d'eux a eu cette idée et est venu me demander mes services. — Il se releva lentement. — Allons, montons sur le pont. J'ai envie de voir ce que vous allez faire.

D'Averc fit un signe à ses deux compagnons qui s'emparèrent de torches de résine. D'Averc dit ensuite à Shagarov de marcher derrière Oladahn et de monter l'escalier des coursives.

Quand ils arrivèrent sur le pont, ils virent qu'un superbe trois-mâts était ancré à côté d'eux.

Les hommes qui se trouvaient à bord comprirent ce qui s'était passé et voulurent s'avancer, mais Hawkmoon appuya son épée sur les côtes de Shagarov et cria :

— Pas un geste ou je tue votre capitaine !

— Tuez-moi, ils vous tueront ensuite, gronda Shagarov. Vous serez bien avancés.

— Silence, lui dit Hawkmoon. Oladahn, allume les torches.

Oladahn obéit aussitôt et tendit à chacun de ses compagnons une torche allumée, en en gardant une pour lui-même.

— Ecoutez, vous tous, s'écria Hawkmoon. Ce bateau est recouvert d'huile et le moindre contact de nos torches déchaînera un incendie généralisé. Votre vaisseau prendra également feu et nous vous conseillons de ne pas faire le moindre geste pour sauver votre capitaine.

— Nous brûlerons tout, dit Shagarov. Vous êtes aussi fous que ceux que vous avez tués.

— Oladahn, apprête la barque.

Oladahn se dirigea vers la trappe la plus éloignée. Après l'avoir ouverte, il en approcha un palan et descendit dans la cale en emportant le câble avec lui.

Hawkmoon vit les marins commencer à s'agiter et brandit sa torche d'un air menaçant. La chaleur donnait à son visage des teintes rougeâtres et les flammes se reflétaient dans ses yeux.

Oladahn remonta sur le pont et, sans poser sa torche allumée, fit tourner la manivelle du treuil. Quelque chose apparut alors qui tira à Shagarov un cri de surprise.

C'était une grande barque dans laquelle se trouvaient trois chevaux parfaitement harnachés ; les montures avaient un air terrorisé tandis que la barque se balançait en l'air avant de redescendre lentement vers la mer.

Oladahn s'arrêta un instant et se reposa contre le treuil mais prit bien garde de ne jamais mettre en contact sa torche et le bois du navire.

Shagarov fronça les sourcils.

— C'est astucieux, mais vous n'êtes toujours que trois. Qu'allez-vous donc faire à présent ?

— Vous pendre, dit Hawkmoon. Devant votre équipage. Deux choses m'ont poussé à vous tendre ce piège. Premièrement, je voulais savoir quelque chose. Et deuxièmement, je vais faire régner la justice.

— Quelle justice ? — Shagarov avait l'air effrayé et ses yeux jetaient des regards fous. — Pourquoi vous mêlez-vous des affaires des autres ? Nous ne vous avons pas fait de mal. Quelle justice ?

— La justice de Dorian Hawkmoon, dit le Duc de Köln, le visage blême.

Sous l'action des rayons du soleil, le sinistre joyau noir semblait pulser de sa propre vie.

— Mes hommes ! cria Shagarov. Venez à mon secours ! Aidez-moi !

D'Averc leur cria :

— Si vous faites un seul pas, nous le tuons et mettons le feu au bateau. Vous n'avez rien à gagner. Nous n'avons rien à faire de vous et c'est Shagarov qui nous intéresse !

Comme ils s'y étaient attendu, l'équipage du pirate ne fit pas preuve de beaucoup de loyauté et, voyant leur vie en danger, les marins ne s'empressèrent pas de lui venir en aide. Ils n'ôtèrent cependant pas les grappins et préférèrent attendre la suite des événements.

Hawkmoon monta alors au grand mât, emportant avec lui une corde terminée par un nœud coulant. Quand il fut arrivé à hauteur de la vergue, il lança la corde au-dessus de l'eau et l'attacha solidement au croisillon du mât. Puis il redescendit sur le pont.

Chacun devint silencieux quand Shagarov comprit subitement qu'il ne devait espérer aucune aide de ses hommes.

Il essaya alors de s'enfuir, mais trois épées se plaquèrent aussitôt contre son dos, son ventre et son flanc.

— Vous ne pouvez pas... commença Shagarov.

Mais il ne continua pas sa phrase, lisant la détermination des trois hommes sur leur visage impassible.

Oladahn tendit le bras et attrapa le nœud coulant de la pointe de son épée avant de l'amener près du bastingage. D'Averc poussa Shagarov et Hawkmoon plaça le nœud autour du cou du capitaine. Le nœud se referma et le géant poussa un cri étouffé tout en donnant un coup de pied à Oladahn. Le petit homme tomba dans l'eau et Hawkmoon se précipita pour voir comment il allait s'en tirer. Désespéré, Shagarov se tourna alors vers D'Averc et chercha à lui prendre sa torche mais d'Averc pointa son épée sur la gorge du capitaine.

Ce dernier cracha à la figure de D'Averc et se jeta par-dessus le bastingage.

Le nœud se resserra, la vergue se plia et craqua avant de se redresser tandis que le corps du capitaine Shagarov se balançait librement dans le vide.

D'Averc se précipita sur la torche mais celle-ci avait déjà touché le plancher imbibé d'huile.

Pendant ce temps-là, Hawkmoon avait lancé une corde à Oladahn qui enjambait à présent le bastingage.

L'équipage de l'autre navire commençait à s'émouvoir, mais ne faisait toujours rien et cette attitude hésitante intrigua Dorian Hawkmoon.

— Allez-vous-en ! cria Oladahn. Vous ne pouvez plus rien faire pour votre capitaine, et le feu vous menace !

Mais les marins ne bougèrent pas.

— Regardez, bande d'imbéciles ! hurla Oladahn en leur montrant les flammes qui léchaient déjà la plus grande partie du pont du navire, s'en prenant même au mât et à la superstructure.

D'Averc se mit à rire.

— Regagnons notre petit bateau.

Hawkmoon jeta également sa torche sur le pont et dit à l'adresse de D'Averc :

— Pourquoi ne s'enfuient-ils pas ?

— C'est à cause du trésor, dit D'Averc tout en faisant descendre la barque vers la mer. — Les chevaux reniflaient et piaffaient de terreur. — Ils croient que le trésor se trouve toujours à bord.

Dès que l'embarcation fut posée sur les vagues, ils se laissèrent descendre le long des cordages et coupèrent ceux-ci derrière eux. Le sombre navire n'était plus qu'une masse gigantesque de flammes et de fumée épaisse dans laquelle apparaissait de temps à autre le corps supplicié du capitaine Shagarov.

Ils hissèrent la voile de la barque et le vent s'y engouffra, les emportant rapidement loin du navire en feu. Derrière eux, le navire pirate commençait également à prendre feu après qu'un cordage enflammé fut tombé sur sa voile principale. Quelques marins cherchaient à éteindre les flammes en jetant des seaux d'eau tandis que d'autres essayaient de trancher les grappins qui les unissaient à l'autre embarcation. Mais déjà, il était trop tard.

La barque à voile s'éloigna rapidement en direction des côtes rocheuses de Crimiée derrière lesquelles s'étendait l'immense Ukranie.

Quelque part en Ukranie, ils découvriraient le Dieu Fou, ses serviteurs et, peut-être, Yisselda…

LIVRE SECOND

Or, tandis que Dorian Hawkmoon et ses compagnons faisaient voile vers les côtes rocheuses de Crimiée, les armées du Ténébreux Empire assiégeaient sans trêve la Kamarg sur les ordres du Roi-Empereur Huon qui leur avait demandé de ne ménager ni l'énergie, ni l'inspiration, ni même les vies humaines pour écraser et détruire les impudents qui osaient résister à la Granbretanne. Sur le Pont d'Argent qui enjambait trente miles de mer passaient les hordes du Ténébreux Empire : porcs, loups, vautours, chiens, mantes et crapauds aux armures étranges et aux épées resplendissantes. Dans son trône sphérique, lové comme un fœtus dans le liquide qui lui assurait l'immortalité, le Roi-Empereur Huon brûlait de colère contre Hawkmoon, le Comte Airain et d'autres personnages qu'il ne parvenait pas à manipuler comme le reste du monde. On eut dit qu'une force contraire était venue à leur secours, et cette pensée était intolérable au Roi-Empereur...

Le sort du monde était entre les mains de ceux qui échappaient au pouvoir du Roi Huon, ces quelques âmes libres ayant pour nom Hawkmoon, Oladahn, D'Averc, peut-être, le mystérieux Guerrier d'Or et de Jais, Yisselda, le Comte Airain et une poignée d'autres. Car c'était grâce à eux que le Bâton Runique allait pouvoir modeler la destinée...

— Haute Histoire du Bâton Runique —

CHAPITRE I

LE GUERRIER SUR LA PLAGE

Quand ils furent arrivés tout près des rochers noirs qui marquaient l'emplacement de la côte, Hawkmoon jeta un coup d'œil étonné à D'Averc qui avait relevé son masque de sanglier et regardait fixement la mer, le sourire aux lèvres. Comme si le regard de Dorian Hawkmoon lui avait brûlé la chair, D'Averc se retourna brusquement.

— Vous paraissez déconcerté, Duc Dorian, dit-il. Vous n'êtes donc pas satisfait de la tournure des événements ?

— Oui, lui répondit Hawkmoon. Mais je me pose des questions à votre sujet, D'Averc. Vous vous êtes lancé spontanément dans cette aventure, bien qu'il n'y ait rien que vous puissiez y gagner. Je suis persuadé quc vous n'aviez aucun intérêt à condamner Shagarov et vous n'êtes certainement pas aussi désireux que moi de connaître le sort de Yisselda. De plus, vous n'avez pas, à ma connaissance du moins, essayé de vous enfuir.

Le sourire de D'Averc s'élargit quelque peu.

— Pourquoi le ferais-je ? Vous n'avez pas cherché à porter atteinte à mon existence. En fait, vous m'avez sauvé la vie. Aujourd'hui, mon destin semble bien plus proche du vôtre que de celui du Ténébreux Empire.

— Mais vous n'êtes pas loyal envers ma cause et moi-même.

— Comme je vous l'ai déjà expliqué, mon cher Duc, ma loyauté va à ce qui est le plus proche de mes ambitions futures. Je dois admettre que j'ai changé d'avis et que je ne considère plus votre cause comme désespérée — la chance semble vous favoriser à un tel point que je pense parfois que vous pourrez vaincre le Ténébreux Empire. Si cela se fait, je me joindrai à vous, de la manière la plus enthousiaste possible.

— Peut-être cherchez-vous à temporiser dans l'espoir que les rôles seront à nouveau échangés et que vous pourrez me livrer à vos maîtres.

— Un démenti ne vous satisferait pas, dit D'Averc en souriant. Aussi ne vous en offrirai-je pas.

Cette réponse énigmatique rendit une nouvelle fois perplexe Dorian Hawkmoon.

Comme s'il était désireux de changer de conversation, D'Averc fut pris d'une quinte de toux qui le plia en deux et l'obligea à se coucher sur le plancher de la petite embarcation.

Quelques instants plus tard, Oladahn poussa un grand cri :

— Duc Dorian ! Regardez... sur la plage !

Hawkmoon se tourna vers la côte et aperçut une étroite bande de galets qui s'étendait au pied des falaises. Un cavalier se tenait sur la plage, immobile et tourné vers eux, comme s'il les attendait.

La quille de la barque vint se frotter aux galets de la plage et Hawkmoon reconnut le cavalier qui attendait à l'ombre des falaises.

Hawkmoon sauta hors du bateau et s'approcha de lui. Une armure de métal le recouvrait de la tête aux pieds et son heaume puissant s'inclinait vers le sol, comme s'il était perdu dans quelque profonde réflexion.

— Vous saviez donc que je viendrai ? lui dit Hawkmoon.

— Cet endroit m'a paru favorable à un débarquement, lui répondit le Guerrier d'Or et de Jais. Voilà pourquoi je vous y ai attendu.

— Je vois... — Hawkmoon le regarda, ne sachant pas très bien ce qu'il allait dire. — Je vois...

D'Averc et Oladahn débarquèrent également et s'approchèrent d'eux.

— Vous connaissez ce gentilhomme ? demanda D'Averc.

— C'est une vieille connaissance, répondit Hawkmoon.

— Vous êtes le Sire Huillam D'Averc, dit d'une voix sonore le Guerrier d'Or et de Jais. Je vois que vous portez toujours l'insigne de Granbretanne.

— Cela me plaît, répondit D'Averc. Il ne me semble pas que vous vous soyez présenté.

Le Guerrier d'Or et de Jais ne prêta pas attention à la remarque de D'Averc et tendit vers Hawkmoon une main lourdement gantée.

— Voici celui que je dois rencontrer. Vous cherchez votre bien-aimée, Yisselda, Duc Dorian, et vous êtes également à la recherche du Dieu Fou.

— Yisselda est-elle sa prisonnière ?

— D'une certaine manière, oui. Mais vous avez une autre raison pour vous mettre en quête du Dieu Fou.

— Yisselda est vivante ? Est-elle vivante ? dit Hawkmoon avec insistance.

— Elle vit.

Le Guerrier d'Or et de Jais se redressa avant d'ajouter :

— Mais il vous faut détruire le Dieu Fou avant de pouvoir la retrouver. Il faut détruire le Dieu Fou et lui dérober l'Amulette Rouge, car elle vous appartient de plein droit. Voici deux choses que le Dieu Fou vous a volées, deux choses qui vous appartiennent, la jeune fille et l'amulette.

— Yisselda est mienne, certainement, mais je n'ai pas connaissance de cette amulette. Je n'en ai jamais possédée.

— L'Amulette Rouge vous appartient. Le

Dieu Fou n'a pas le droit de la porter et c'est cela qui l'a rendu fou.

Hawkmoon se mit à sourire.

— Le Dieu Fou peut bien la garder si c'est là la propriété de cette amulette.

— L'heure n'est pas aux plaisanteries, Duc Dorian. L'Amulette Rouge l'a rendu fou parce qu'il l'a dérobée à un serviteur du Bâton Runique. Quand celle-ci se trouve entre les mains d'un serviteur du Bâton Runique, il peut en tirer une puissance formidable. Seul devient fou celui qui n'a pas le droit de la porter — tandis que celui qui possède ce privilège est le seul à pouvoir la récupérer. Ainsi donc, je ne pourrais la lui prendre, de même que nul être ne pourrait venir au secours de Dorian Hawkmoon von Köln, serviteur du Bâton Runique.

— Encore une fois, vous me dites serviteur du Bâton Runique, bien que je ne sache pas ce que je dois faire. Je ne sais même pas si tout cela est une invention ou si vous-même êtes un autre dément.

— Pensez comme vous le désirez. Il est néanmoins évident que vous êtes à la recherche du Dieu Fou et que votre plus grand désir est de le retrouver.

— Pour sauver Yisselda, sa prisonnière...

— Si vous voulez. Eh bien, je n'ai donc pas à vous convaincre de votre mission.

Hawkmoon fronça les sourcils :

— Il y a eu une bien étrange suite de coïcidences depuis que je me suis embarqué à Hamadan. C'est à peine croyable.

— Il n'y a pas de coïncidences quand le Bâton Runique est concerné. Il arrive que ses buts soient aisés à découvrir mais ce n'est pas toujours le cas. — Le Guerrier d'Or et de Jais se retourna sur son cheval et montra un sentier escarpé creusé dans le flanc de la colline. — Nous pouvons passer par là. Nous camperons et nous reposerons là-haut. Demain matin, nous partirons pour le château du Dieu Fou.

— Vous savez donc où il se trouve ? demanda Hawkmoon chez qui tout soupçon s'était envolé.

— Oui.

Une autre pensée lui traversa l'esprit.

— Vous n'avez pas... *arrangé* l'enlèvement de Yisselda pour m'obliger à partir à la recherche du Dieu Fou ?

— Yisselda a été enlevée par un traître qui s'était glissé au sein de l'armée de son père. Il s'appelait Juan Zhinaga et devait l'emmener en Granbretanne. Il fut attaqué en chemin par des soldats du Ténébreux Empire qui voulaient avoir tout le bénéfice de sa capture ; Yisselda est parvenue à s'enfuir pendant la bataille et à se joindre à une caravane de réfugiés qui traversait l'Italia. Elle s'est ensuite embarquée sur un navire croisant en Adriatique et qui devait terminer son périple en Provence ; mais il s'agissait en fait d'une embarcation chargée d'envoyer des filles en Arabie. Le bateau fut attaqué par un navire pirate dans le golfe de Sidra.

— C'est dur à croire. Et ensuite ?

— Les Karpathes qui possédaient ce navire décidèrent de demander une rançon car ils ne savaient pas que la Kamarg était assiégée ; quand ils l'apprirent un peu plus tard et comprirent qu'ils ne pourraient la monnayer, ils décidèrent de la vendre à Istanbul mais trouvèrent le port noir de vaisseaux du Ténébreux Empire. Ils continuèrent leur périple en direction de la Mer Noire et c'est là que le bateau fut attaqué par le vaisseau que vous venez d'incendier...

— Je connais le reste. La main que j'ai trouvée devait être celle du pirate qui avait volé la bague de Yisselda. Pourtant, cette histoire est à peine plausible, Guerrier. Les coïncidences...

— Je vous l'ai déjà dit — il n'y a pas de coïncidences dans tout ce qui dépend du Bâton Runique. Le cours de l'histoire est parfois plus simple, c'est tout.

Hawkmoon soupira :

— Aucun mal ne lui a été fait ?

— Pas vraiment.

— Que voulez-vous dire ?

— Attendez d'être arrivé au château du Dieu Fou.

Hawkmoon chercha à poser de nouvelles questions au Guerrier d'Or et de Jais mais cet homme énigmatique demeura silencieux. Il resta en selle, comme perdu dans de profondes réflexions, tandis que les trois hommes s'occupaient à faire descendre les chevaux et à décharger les provisions. Hawkmoon rentra en possession de sa sacoche, émerveillé d'avoir pu la conserver malgré toutes ses péripéties.

Quand ils eurent terminé, le Guerrier d'Or et de Jais tourna son cheval vers la falaise et s'engagea sur le sentier escarpé.

Les trois compagnons durent cependant mettre pied à terre et le suivre beaucoup plus lentement. Hommes et chevaux titubèrent à plusieurs reprises et faillirent aller s'écraser sur la plage de galets qui semblait maintenant minuscule. Ils arrivèrent enfin au faîte de la falaise et purent contempler un paysage vallonné qui devait s'étendre à l'infini.

Le Guerrier d'Or et de Jais tendit la main en direction de l'Ouest.

— Nous prendrons ce chemin, en direction du Pont de la Vie. Il mène aux portes de l'Ukranie, et le château du Dieu Fou se trouve à plusieurs jours de voyage à l'intérieur du pays. Prenez garde, car les troupes du Ténébreux Empire écument le pays.

Il les regarda installer leur campement. D'Averc leva les yeux vers lui tout en disant :

— Voudriez-vous partager notre repas, sire ?

L'imposante tête casquée resta cependant courbée tandis que cheval et cavalier ne bougèrent pas de la nuit ; on eût dit qu'ils les surveillaient, mais peut-être veillaient-ils à ce qu'ils ne partent pas seuls.

Allongé dans sa tente, Hawkmoon regardait la silhouette du Guerrier et se posait de nombreuses questions. Cette créature était-elle humaine ? Son intérêt pour Hawkmoon était-il si humanitaire ? Il soupira. Il ne désirait qu'une seule chose, retrouver Yisselda et la ramener en Kamarg pour découvrir avec joie que la province tenait toujours contre le Ténébreux Empire. Mais sa vie était rendue complexe par les mystères du Bâton Runique ; son destin devait s'accorder avec les « plans » de celui-ci. Ce n'était pourtant ni un objet inanimé, ni une créature intelligente. Une créature intelligente ? C'était de toute façon la chose la plus puissante que l'on pouvait invoquer en prêtant serment. Certains disaient que le Bâton Runique était le maître de l'histoire humaine. Mais que faisait-il de ces « serviteurs » puisque tous les hommes étaient ses sujets ?

Non, certains y échappaient peut-être. Des forces apparaissaient parfois — comme le Ténébreux Empire — qui s'opposaient au plan dressé par le Bâton Runique. C'était peut-être pour combattre ces forces que des serviteurs étaient appelés.

Hawkmoon ne savait que penser : il n'avait pas la tête à la réflexion et ne pouvait s'adonner à la philosophie spéculative. Le sommeil le prit quelques instants plus tard.

CHAPITRE II

LE CHÂTEAU DU DIEU FOU

Après deux journées passées à cheval, ils arrivèrent au Pont de la Vie, immense arche jetée entre deux falaises séparées par un bras de mer de plusieurs miles de large.

Le Pont de la Vie constituait un spectacle exceptionnel et ne paraissait constitué d'aucun matériau solide ; sa charpente tout entière semblait faite de rayons lumineux entrecroisés et solidifiés par quelque magie. Certains d'entre eux étaient couleur d'or ou de bleu étincelant ; d'autres resplendissaient de vert et d'écarlate ; d'autres encore vibraient de toutes les nuances du jaune. Le Pont tout entier tremblait comme un organe vivant tandis que, bien en dessous, les vagues s'écrasaient en écumant sur les rochers acérés.

— Qu'est-ce donc ? demanda Hawkmoon au Guerrier d'Or et de Jais. Ce n'est certainement pas naturel.

— C'est une ancienne construction, lui répondit le Guerrier, fruit d'une science oubliée, cueilli par une race apparue entre la chute de la

Pluie de Mort et l'avènement des Principautés. Qui étaient-ils, comment vinrent-ils à exister ? Nous ne le savons pas.

— Vous devez le savoir, dit D'Averc sur un ton joyeux. Vous me décevez, je croyais que vous étiez omniscient.

Le Guerrier d'Or et de Jais ne répondit pas. Les lueurs du Pont de la Vie se reflétaient sur son armure ainsi que sur la peau des compagnons. Les chevaux se mirent à piaffer et devinrent plus difficiles à maîtriser au fur et à mesure qu'ils se rapprochaient du grand pont de lumière.

Le destrier de Dorian Hawkmoon renâcla mais son cavalier l'obligea à avancer. Ses sabots touchèrent finalement les lueurs pulsantes du Pont et l'animal se calma comme s'il comprenait que le pont était capable de le porter.

Déjà le Guerrier d'Or et de Jais était engagé sur le pont ; son corps tout entier paraissait entouré d'une aura multicolore et Hawkmoon put voir l'étrange lueur se refermer doucement sur sa monture. Puis il se retourna pour voir D'Averc et Oladahn, éclatants comme des êtres venus d'un autre monde, s'avancer doucement sur le pont de lumière.

L'entrecroisement de rayons lumineux leur permettait pourtant de voir la mer grise et l'écume blanche s'étendre au-dessous d'eux. Les oreilles de Hawkmoon s'emplirent d'un bourdonnement musical et charmeur et il crut sentir son corps vibrer à l'unisson avec le Pont de la Vie.

Quand ils parvinrent finalement de l'autre côté de l'immense arche irradiante, Hawkmoon se sentit frais et dispos, comme s'il avait profité de plusieurs journées de repos. Il fit part de ses réflexions au Guerrier d'Or et de Jais qui lui dit : « Oui, on m'a dit que c'était là une autre de ses propriétés. »

Puis ils continuèrent de chevaucher, séparés du repaire du Dieu Fou par d'immenses étendues de plaines vallonnées.

Le troisième jour de leur voyage, une pluie fine se mit à tomber qui glaça les corps et épuisa les esprits. Les chevaux piétinaient dans les vastes plaines d'Ukranie, et ce monde gris ne devait pas avoir de fin.

Le sixième jour de leur voyage, le Guerrier d'Or et de Jais leva la tête et fit arrêter son cheval ; d'un signe de la main, il demanda aux trois compagnons de l'imiter. Il écoutait.

Hawkmoon entendit bientôt ce qui avait attiré l'attention du Guerrier — des bruits de sabots. Sur leur gauche arrivèrent quelques dizaines de cavaliers vêtus de capes et de coiffures de peaux et porteurs de sabres ou de longs épieux.

Pris de panique, ils ne remarquèrent pas les quatre compagnons et continuèrent leur chemin à une vitesse incroyable, fouettant la croupe de leurs montures jusqu'à ce que le sang éclate sur leur peau.

— Qu'y a-t-il ? cria Hawkmoon. Qui fuyez-vous ?

Un cavalier se retourna sans toutefois ralentir son allure :

— L'armée du Ténébreux Empire ! cria-t-il avant de disparaître, vif comme l'éclair.

Hawkmoon eut l'air soucieux :

— Nous devrions peut-être emprunter un autre chemin. Une autre direction ne serait-elle pas meilleure ? dit-il à l'adresse du Guerrier d'Or et de Jais.

— Aucune route n'est sûre, lui répondit le Guerrier. Nous pouvons donc continuer sur celle-là.

Après une demi-heure, ils virent de la fumée s'élever au loin, une fumée épaisse et nauséabonde qui restait près de la terre. Hawkmoon savait très bien ce que cette fumée signifiait mais ne fit aucune remarque ; quand ils arrivèrent dans la ville en flammes, ils virent un immense bûcher composé de cadavres nus — hommes, femmes, enfants auxquels étaient mêlés les dépouilles des animaux.

C'était cette pyramide de chair fumante qui dégageait cette odeur aussi atroce, et Hawkmoon savait qu'une seule race était capable de telles actions. Les cavaliers étaient dans le vrai. Les soldats du Ténébreux Empire étaient tout proches. Un bataillon entier avait dû s'emparer de la ville, la piller et y mettre le feu.

Ne pouvant faire quoi que ce soit, ils passèrent leur chemin et continuèrent d'avancer, attentifs au moindre signe leur indiquant la présence des guerriers de Granbretanne.

Oladahn était celui des quatre qui n'avait jamais vraiment assisté aux atrocités du Ténébreux Empire et il paraissait à présent profondément ému.

— Des mortels ordinaires ne pourraient pas... répétait-il, ... ne pourraient pas...

— Ils ne se considèrent pas comme des mortels ordinaires, lui expliqua D'Averc. Ils pensent que leurs chefs sont des dieux et qu'eux-mêmes sont des demi-dieux.

— Ce qui excuse à leurs yeux leurs actions immorales, dit Hawkmoon. De plus, ils aiment apporter la destruction, répandre la terreur, torturer et tuer. Ils sont semblables aux gloutons pour qui le désir de tuer est plus fort que le désir de vivre. Voilà comment sont les hommes du Ténébreux Empire. La Granbretanne a donné le jour à une race d'hommes dont les pensées et les actions sont étrangères à tous ceux qui ne vivent pas dans cette île.

La pluie fine se remit à tomber et ils laissèrent derrière eux la ville dévastée et son funeste bûcher.

— Nous ne sommes plus très loin du château

du Dieu Fou, leur dit d'une voix tranquille le Guerrier d'Or et de Jais.

Le lendemain matin, ils arrivèrent près d'une vallée large et profonde et d'un lac couvert par la brume. De l'autre côté du lac se dressait une bâtisse sombre et sinistre faite de pierres grossièrement taillées.

Au bord du lac se trouvaient quelques misérables masures ainsi que quelques barques de pêcheurs. Les filets avaient été mis à sécher mais il n'y avait nulle part trace des mariniers qui les utilisaient.

Il y avait un climat étrange et froid qui donnait un air mystérieux au village, au lac et au château. Les trois hommes suivirent à contrecœur le Guerrier d'Or et de Jais qui contournait le lac en direction du château.

— Que savez-vous du culte du Dieu Fou ? demanda Oladahn d'une voix murmurante. Combien d'hommes commande-t-il ? Sont-ils aussi dangereux que ceux que nous avons rencontrés sur le bateau ? Je me demande si le Guerrier ne surestime pas sa force...

Hawkmoon haussa les épaules, car il ne pensait qu'à Yisselda. Il jeta un regard sévère à la grande bâtisse noire et se demanda où elle pouvait bien se trouver.

Ils arrivèrent ensuite au village de pêcheurs et comprirent pourquoi il était aussi silencieux.

Tous les habitants avaient été massacrés à la hache ou à l'épée. Des armes étaient encore plantées dans des crânes d'hommes ou de femmes.

— Le Ténébreux Empire! s'écria Hawkmoon.

Mais le Guerrier d'Or et de Jais secoua la tête :

— Ce n'est ni leur œuvre, ni leurs armes, ni même leur manière d'agir.

— Alors... qu'est-ce donc? demanda Oladahn, tremblant. Le culte?

Le Guerrier ne répondit pas et se contenta de mettre pied à terre après avoir arrêté son cheval. Il se dirigea vers le plus proche cadavre et les autres l'imitèrent, l'air soucieux, tandis que la brume du lac les enveloppait comme quelque maligne entité.

Le Guerrier montra le cadavre :

— Ils faisaient tous partie du culte. Certains d'entre eux pêchaient pour approvisionner le château. D'autres vivaient à l'intérieur du repaire du Dieu Fou.

— Ils se sont battus entre eux? dit timidement D'Averc.

— Peut-être, oui.

Le Guerrier était toujours aussi énigmatique.

— Que voulez-vous dire? commença Hawkmoon.

Mais un cri perçant retentit dans les masures. Chacun tira son épée de son fourreau et se prépara à subir une attaque qui pouvait venir de n'importe quel côté.

Quand celle-ci se produisit, la nature même des attaquants provoqua la surprise de Dorian Hawkmoon qui ne put que baisser son épée.

Les guerriers arrivèrent en courant, l'épée ou la hache à la main ; ils portaient des armures légères et des kilts de cuir mais une lueur féroce resplendissait dans leurs yeux. Leurs lèvres étaient relevées en un rictus bestial et leurs dents blanches resplendissaient tandis que l'écume coulait de leur bouche.

Ce ne fut pourtant pas cela qui étonna Hawkmoon et ses compagnons. Ce fut leur sexe qui les prit par surprise, car tous ces guerriers à l'allure féroce étaient en fait des femmes d'une beauté incroyable.

Désespérément, Hawkmoon chercha dans leurs rangs les traits délicats de sa bien-aimée, Yisselda ; mais il ne la trouva pas et se remit sur la défensive.

— Voilà donc pourquoi le Dieu Fou réclamait tant de femmes ! s'écria D'Averc d'une voix étranglée par la surprise.

— C'est aussi un dieu pervers, expliqua le Guerrier d'Or et de Jais tout en se préparant à subir les premiers assauts.

Hawkmoon faisait de son mieux pour se défendre des guerrières mais ne pouvait se résoudre à contre-attaquer. Maintes fois, il aurait pu trancher des membres ou mutiler des corps mais quelque chose de plus fort que sa volonté l'empêchait d'agir de la sorte. Il en était d'ailleurs de même pour ses compagnons. Une idée lui vint alors à l'esprit.

— Reculez lentement, dit-il à ses amis. Suivez-moi. Nous allons remporter la victoire, d'une manière toute pacifique.

Les quatre combattants reculèrent jusqu'aux piquets qui soutenaient les filets des pêcheurs. Puis, sans même lâcher son épée, Hawkmoon se saisit d'un filet et le jeta sur ses assaillantes. Ses compagnons l'imitèrent en un instant et les guerrières furent bientôt prisonnières des mailles des filets.

Certaines d'entre elles parvinrent pourtant à se dégager et cherchèrent aussitôt à se lancer à nouveau dans la bataille.

D'Averc s'empara d'un autre filet et emprisonna les dernières combattantes tandis que ses trois compagnons s'occupaient déjà à désarmer les femmes dont ils jetaient les épées dans le lac.

Haletant, Hawkmoon dit :

— Le Dieu Fou n'est peut-être pas aussi fou que cela. Des femmes entraînées au combat auront toujours un certain avantage sur des hommes. Mais cette première escarmouche n'est sans doute qu'une partie d'un plan plus général...

— Vous voulez dire que l'argent obtenu par la piraterie n'était qu'un moyen pour lever une armée de femmes ? lui dit Oladahn qui continuait de jeter les épées dans l'eau.

— C'est bien probable, rétorqua D'Averc. Mais je ne comprends toujours pas pourquoi ces femmes ont massacré les autres.

— Nous connaîtrons peut-être la réponse en arrivant au château, dit le Guerrier d'Or et de Jais.

— Voilà en tout cas un combat qui n'offense pas mon sens de la chevalerie, dit D'Averc. Nous ne les avons pas tuées — et elles ne nous ont pas tués. Cela fait un bel équilibre.

— Je me demande si elles sont les seules, dit Hawkmoon d'un air sombre.

— Vous pensez à Yisselda ? lui dit Oladahn.

— Oui, je pense à Yisselda. Allons. Hawkmoon monta en selle. Rendons-nous au château du Dieu Fou.

Il se lança au grand galop en direction de la sombre bâtisse en pierre, suivi de près par ses trois compagnons. Loin derrière eux, les guerrières furieuses continuaient de se débattre pour sortir des filets qui les emprisonnaient.

Quand le château ne fut plus qu'à une courte distance des quatre cavaliers, Hawkmoon ralentit quelque peu puis s'arrêta définitivement à l'entrée du pont-levis.

Tout était calme à l'intérieur du château. Une brume légère enveloppait les tourelles et sur le pont-levis abaissé gisaient les cadavres de quelques gardes.

Quelque part, dans l'une des plus hautes tours, un corbeau poussa son cri lugubre avant de s'envoler au-dessus du lac.

Des nuages gris occultaient le soleil et l'on eût dit que la lumière du jour n'avait jamais inondé cette sinistre construction. C'était un peu comme s'ils avaient quitté le monde pour regagner quelque autre univers où ne régnaient éternellement que le désespoir et la mort.

Devant Hawkmoon se dressait l'entrée du château, bouche sombre et rébarbative. La brume dessinait des formes grotesques, tandis qu'une atmosphère oppressante baignait toute chose. Le Duc de Köln respira profondément, puis tira son épée. Et tout à coup, il éperonna sa monture et bondit sur le pont-levis qui menait au château du Dieu Fou.

CHAPITRE III

LE DILEMME

La grande cour du château était jonchée de cadavres. Certains d'entre eux appartenaient aux guerrières, mais la plupart étaient ceux des soldats du Dieu Fou à qui la mort avait donné une attitude grotesque.

Le cheval de Dorian Hawkmoon renifla de terreur quand l'odeur de chair en décomposition chatouilla ses naseaux, mais son cavalier le força plus en avant, craignant sans cesse de reconnaître Yisselda parmi les cadavres.

Hawkmoon mit pied à terre et retourna plusieurs dépouilles mortelles, mais aucune d'elles n'était celle de Yisselda.

Le Guerrier d'Or et de Jais pénétra dans la cour, suivi de D'Averc et Oladahn.

— Elle n'est pas ici, dit le Guerrier. Elle est en vie, à l'intérieur.

Hawkmoon releva la tête. Ses mains tremblaient tandis qu'il tenait son cheval par la bride.

— Lui... lui a-t-il fait du mal ?

— Vous le découvrirez par vous-même, Duc Dorian.

Le Guerrier d'Or et de Jais désigna de la main l'entrée principale du château.

— C'est là que se trouve le repaire du Dieu Fou. Ce couloir étroit mène à la grande salle dans laquelle il attend votre venue...

— Il sait donc que je vais venir ?

— Il sait que le véritable propriétaire de l'Amulette Rouge viendra un jour la lui réclamer...

— Je me moque de cette amulette et ne désire que Yisselda. Où est-elle, Guerrier ?

— A l'intérieur. Elle se trouve dans ce château. Allez reprendre les deux choses qui vous ont été volées — l'Amulette Rouge et votre bien-aimée. Toutes deux ont leur importance dans le plan du Bâton Runique.

Hawkmoon se détourna et courut vers la porte pour disparaître ensuite dans les ténèbres du château.

Le couloir était glacial. Une eau sale suintait de la pierre et de la mousse poussait sur les murailles. L'épée à la main, Hawkmoon avançait doucement, prêt à subir l'attaque la plus imprévue.

Mais rien ne se produisit et Hawkmoon arriva finalement devant une grande porte de bois.

Derrière la porte s'élevait un étrange grondement, murmure profond qui semblait emplir toute la salle. Hawkmoon poussa lentement la porte puis passa la tête pour découvrir une scène étrange.

La salle avait des proportions étonnantes ; en certains endroits, les plafonds étaient très bas tandis que, en d'autres, ils se dressaient à plus de quinze mètres de hauteur. Il n'y avait pas de fenêtres et la seule lumière était celle des nombreuses torches disposées tout le long des murs.

Au centre de la salle, sur un dallage où gisaient deux cadavres atrocement mutilés, se trouvait un grand trône de bois noir incrusté de plaques de cuivre. Devant le trône pendait du plafond une vaste cage, semblable à celles utilisées pour enfermer des oiseaux. Une forme humaine était accroupie à l'intérieur de l'enceinte métallique.

Hawkmoon s'avança doucement vers la cage et comprit que c'était là la source des plaintes qu'il avait entendues. Ce devait être l'acoustique particulière de l'endroit qui avait transformé en grondements les gémissements du malheureux prisonnier.

Hawkmoon s'arrêta à quelques pas de la cage, mais le mauvais éclairage ne lui permit pas de distinguer comme il l'aurait voulu les traits de l'infortuné.

— Qui êtes-vous ? demanda-t-il. Un prisonnier du Dieu Fou ?

Les gémissements cessèrent et la silhouette se redressa. Une voix profonde et mélancolique s'éleva alors qui dit :

— Oui... vous avez raison. Je suis son plus infortuné prisonnier.

Hawkmoon pouvait mieux voir de qui il s'agissait. Son corps était long et mince et sa tête était couverte de cheveux gris emmêlés par la crasse ; sa barbe malpropre saillait étrangement de son menton et ses yeux mélancoliques se cachaient dans de profondes orbites.

— Puis-je vous sauver ? demanda Hawkmoon. Puis-je briser ces barreaux ?

Le malheureux haussa les épaules.

— La porte de cette cage n'est pas fermée à clef. Ce ne sont pas des barreaux qui me retiennent prisonnier, mais bien mon propre crâne. Ah, vous pouvez me plaindre !

— Qui êtes-vous ?

— Je m'appelais jadis Stalnikov, de la grande famille des Stalnikov.

— Et le Dieu Fou s'est emparé de vous ?

— Oui. C'est cela. Il tourna ensuite sa tête triste pour mieux voir son interlocuteur. Mais qui êtes-vous donc ?

— Je suis Dorian Hawkmoon, Duc de Köln.

— Un Germain ?

— Köln faisait jadis partie d'un pays appelé Germanie.

— J'ai peur des Germains.

Stalnikov se recula dans sa cage.

— Vous n'avez rien à craindre de moi.

— Non ? dit Stalnikov en riant. Ses ricanements sauvages se répercutèrent dans toute la salle. « Non ? »

Il plongea la main dans sa chemise et en sortit quelque chose qui était relié à son cou par une fine cordelette. On eût dit un énorme rubis, resplendissant d'une flamme intérieure et sur lequel Hawkmoon discerna la marque du Bâton Runique.

— Non ? Vous n'êtes donc pas le Germain qui doit me voler ma puissance ?

Hawkmoon s'écria avec surprise :

— L'Amulette Rouge ! Comment l'avez-vous eue ?

Stalnikov se redressa et regarda Hawkmoon d'un air méchant.

— Je l'ai trouvée il y a trente ans sur le corps d'un guerrier que mes serviteurs avaient dévalisé et assassiné. (Il caressa l'amulette dont les lueurs éclatantes obligeaient Hawkmoon à cligner des yeux.) *Voici* le Dieu Fou ! *Voici* la source de ma folie et de ma puissance ! *Voici* ce qui me retient prisonnier !

— Ainsi vous êtes le Dieu Fou ! Où est Yisselda ?

— Yisselda ? La nouvelle ? La fille aux cheveux blonds et à la blanche peau si douce ? Pourquoi me demandez-vous cela ?

— Elle m'appartient !

— Vous ne voulez donc pas de l'amulette ?

— Je veux Yisselda !

Le Dieu Fou se mit à rire comme un dément et hurla finalement :

— Vous pouvez la reprendre, Germain !

Il frappa dans ses mains tordues et sauta en tous sens dans la cage de métal qui se balança au bout de sa corde :

— Yisselda, ma fille ! Yisselda, viens servir ton nouveau maître !

Des ténèbres de la salle sortit une jeune fille. L'obscurité ne permit pas à Hawkmoon de la reconnaître tout de suite, mais il rangea tout de même son épée dans son fourreau. Oui, pourtant... cette démarche, cette silhouette — c'était Yisselda.

Un sourire de soulagement se dessina sur ses lèvres alors qu'il tendait les bras pour se préparer à l'enlacer.

Avec un hurlement de bête, la fille se jeta sur lui ; ses doigts armés de griffes de métal se portèrent sur son visage et sur ses yeux. La robe qu'elle portait était garnie de pointes de fer et chacun de ses gestes aurait pu mutiler horriblement Dorian Hawkmoon.

— Tue-le, jolie Yisselda, cria en riant le Dieu Fou. Tue-le, ma biche, et tu seras récompensée !

Hawkmoon tendit les mains pour se protéger des griffes acérées qui lui déchiraient la chair. Il se recula promptement en disant :

— Non, Yisselda, je suis votre fiancé, Dorian...

Les yeux fous de la jeune fille ne le reconnaissaient toujours pas et les griffes de métal frappèrent à nouveau. Hawkmoon fit un bond de côté tout en la suppliant de bien vouloir le reconnaître.

— Yisselda...

Pendant tout ce temps, le Dieu fou continuait de rire aux éclats et de secouer ses barreaux comme une bête féroce :

— Tue-le, ma jolie fleur. Arrache-lui les yeux...

Hawkmoon était en pleurs et sautait en tous sens pour échapper aux griffes de sa fiancée. Il cria à l'adresse de Stalnikov :

— Quelle est donc cette puissance capable de lui faire oublier l'amour qu'elle me porte ?

— Elle obéit au pouvoir du Dieu Fou, tout comme moi ! lui répondit Stalnikov. L'Amulette Rouge fait de chacun son esclave !

— Uniquement dans les mains d'une créature mauvaise...

Hawkmoon fit un nouveau bond de côté et se mit à courir vers la cage.

— Elle rend mauvais tous ceux qui la portent, dit Stalnikov qui riait en voyant les griffes de Yisselda déchirer la manche de Hawkmoon. Tous...

— Tous sauf les serviteurs du Bâton Runique !

La voix venait de la porte de bois et appartenait au Guerrier d'Or et de Jais.

— Venez à mon secours, lui cria Hawkmoon.

— Je ne peux pas, répondit le Guerrier qui se tenait immobile, la pointe de son épée enfoncée dans le sol.

Hawkmoon sentit alors les griffes de Yisselda s'enfoncer dans son dos. Il voulut la saisir par les poignets, mais poussa un cri de douleur quand les pointes de ses vêtements lui entamèrent les chairs ; il réussit pourtant à se libérer et se jeta sur la cage dans laquelle le Dieu Fou hurlait de plaisir.

Hawkmoon sauta vers les barreaux et parvint à entrer dans la cage de métal tandis que Stalnikov se réfugiait dans le coin le plus éloigné de sa prison. Folle de colère, Yisselda poussait des hurlements de hyène en folie et cherchait à atteindre les barreaux derrière lesquels se tenait celui qu'elle voulait détruire avec tant d'acharnement.

Hawkmoon pleurait à chaudes larmes en voyant sa bien-aimée agir de la sorte mais réussit pourtant à se tourner vers le Dieu Fou.

Celui-ci caressait l'Amulette Rouge et dit, d'une voix profonde qui résonna contre les murs de la salle :

— En arrière, mortel. Obéis-moi, obéis au pouvoir de l'Amulette...

Hawkmoon cligna des yeux et se sentit subitement affaibli. Il ne pouvait s'empêcher de regarder l'amulette et de s'abandonner totalement à son pouvoir.

— Allons, dit Stalnikov, livre-toi à ta destructrice.

Hawkmoon continua d'avancer vers le Dieu Fou au lieu de se retourner : la barbe pointue de Stalnikov en tomba d'étonnement.

— Au nom de l'Amulette Rouge, je t'ordonne...

La voix sonore du Guerrier d'Or et de Jais s'éleva à nouveau.

— Il est le seul à pouvoir résister au charme de l'Amulette, car il en est le juste propriétaire.

Stalnikov se mit à trembler et à arpenter sa cage tandis que Hawkmoon continuait d'avancer sur lui.

— En arrière ! hurla le Dieu Fou. Sors de cette cage !

Yisselda était enfin parvenue à saisir les barreaux d'acier et à se hisser à hauteur de la cage, les yeux toujours fixés sur la gorge de Hawkmoon.

La main griffue de Yisselda partit comme un éclair et s'abattit sur la tête de Stalnikov qui poussa un hurlement de douleur.

Hawkmoon comprit qu'il ne devait plus essayer de raisonner sa fiancée et, rassemblant toute sa force, ouvrit la porte et sauta sur le dallage de la grande salle.

Un instant plus tard, Yisselda sauta également sur le sol, mais il parvint à se relever juste à temps.

Stalnikov les imita et se précipita sur le grand

trône de bois incrusté et s'y installa ; l'Amulette Rouge pendait toujours à son cou et lançait de tout côté son étrange rayonnement. Du sang coulait sur ses épaules de la blessure que lui avaient infligée les griffes de Yisselda.

Stalnikov hurla de terreur quand il vit Hawkmoon s'installer sur le bras du trône.

— Non... Je vous en prie... Laissez-moi, je ne vous ferai pas de mal...

— Tu m'as déjà fait trop de mal, lui dit Hawkmoon d'un air sombre tout en tirant son épée. Oui, trop de mal. Ma vengeance sera douce à mon cœur, Dieu Fou...

Stalnikov commença à grimper sur le dossier de son trône et se mit à crier à l'adresse de la fille :

— Yisselda ! Assez ! Redeviens celle que tu étais ! Je te le demande, au nom de l'Amulette Rouge !

Hawkmoon se retourna et vit que Yisselda s'était arrêtée. La bouche ouverte, elle contemplait les griffes qui terminaient ses doigts ainsi que l'étrange vêtement qu'elle portait.

— Que s'est-il passé ? Que m'a-t-on fait ?

— Ce monstre vous avait hypnotisée, lui dit Hawkmoon tout en agitant son épée devant Stalnikov. Mais je vous vengerai et lui ferai payer le mal qu'il vous a fait endurer !

— Non ! hurla Stalnikov. Ce n'est pas juste !

Yisselda éclata en sanglots.

Stalnikov regarda tout autour de lui d'un air hébété.

— Où sont donc mes suivantes, mes guerrières ?

— Votre plaisir pervers les a fait se détruire les unes les autres, lui dit Hawkmoon. Celles qui n'ont pas été tuées ont été faites prisonnières !

— Mon armée de femmes ! Je voulais que la beauté parte à la conquête de l'Ukranie ! Pour me rendre l'héritage des Stalnikov...

— Le voilà, ton héritage ! dit Hawkmoon en levant son épée.

Stalnikov parvint à sauter du trône et se mit à courir vers la porte, mais fit un bond de côté quand il s'aperçut qu'elle était gardée par le Guerrier d'Or et de Jais.

En quelques sauts, il disparut dans l'ombre de la salle.

Hawkmoon descendit du trône et se tourna vers Yisselda qui gisait, en pleurs, sur le sol. Il s'approcha d'elle et enleva délicatement les griffes d'acier qui ornaient toujours ses doigts frêles.

Elle leva les yeux.

— Oh, Dorian. Comment avez-vous pu me retrouver ? Mon amour...

— Remerciez le Bâton Runique, dit la voix ténébreuse du Guerrier d'Or et de Jais.

Hawkmoon se tourna subitement et lui dit en riant de soulagement :

— Au moins, vous êtes constant dans vos admirations, Guerrier.

Le Guerrier ne répondit rien et resta immobile devant la porte.

Hawkmoon ouvrit la bouche de l'étrange vêtement de Yisselda et commença à la déshabiller.

— Trouvez le Dieu Fou, lui dit le Guerrier d'Or et de Jais. L'Amulette vous appartient, souvenez-vous-en. C'est elle qui vous donnera la puissance.

Hawkmoon fronça les sourcils.

— Et qui me rendra fou, peut-être ?

— Mais non, insensé, elle vous appartient de plein droit !

Hawkmoon s'arrêta, impressionné par le ton de la voix du guerrier. Yisselda lui toucha la main.

— Je ferai le reste toute seule, dit-elle.

Hawkmoon leva son épée et scruta du regard les ténèbres dans lesquelles le Dieu Fou avait disparu.

— Stalnikov !

Quelque part dans l'obscurité, une flamme rouge scintilla. Hawkmoon s'en approcha et entendit des sanglots nerveux.

Hawkmoon se rapprocha de la source lumineuse et vit finalement Stalnikov qui pleurait, l'épée à la main et l'amulette autour du cou.

— Je t'attends depuis trente années, Germain, lui dit Stalnikov, dont les sanglots avaient subitement cessé. Je savais que tu devais venir détruire mon plan et mon idéal. J'espérais pourtant repousser cette menace et cela m'est peut-être toujours possible.

Avec un cri de bête fauve, il leva son épée et se jeta sur Hawkmoon.

Celui-ci n'eut pas de mal à parer le coup et à désarmer le Dieu Fou. Sa propre épée se retrouva posée sur la gorge de Stalnikov.

Pendant un instant, Hawkmoon regarda fixement le dément. La lueur de l'Amulette Rouge teintait d'écarlate leurs deux visages et Stalnikov s'éclaircissait la gorge comme s'il allait dire quelque chose. Puis ses épaules s'affaissèrent et il n'offrit plus aucune résistance.

Hawkmoon enfonça lentement la pointe de son épée dans la gorge du Dieu Fou puis se retourna et laissa derrière lui le cadavre du dément au cou duquel pendait toujours l'Amulette Rouge.

Chapitre IV

LE POUVOIR DE L'AMULETTE

Hawkmoon jeta sa cape sur les épaules d'une Yisselda frissonnante et sanglotante de joie. Près d'eux, le Guerrier d'Or et de Jais se tenait toujours immobile.

Hawkmoon prit alors Yisselda dans ses bras et le Guerrier se décida à bouger : son corps puissant arpenta la salle et se dirigea vers l'endroit où gisait le cadavre de Stalnikov, le Dieu Fou.

— Oh, Dorian, je ne puis vous raconter toutes les épreuves que j'ai dû endurer depuis plusieurs mois... Sans cesse, j'ai été faite prisonnière et je ne sais même pas où nous nous trouvons à présent. Je n'ai aucun souvenir des dernières heures et je sais seulement que j'ai dû lutter contre moi-même pour ne pas vous tuer...

Hawkmoon la serra contre lui.

— Ce n'était qu'un cauchemar. Nous allons quitter cet endroit pour retrouver la Kamarg et la sécurité. Dites-moi, qu'est-il advenu de votre père et des autres ?

Ses yeux s'agrandirent.

— Comment ? Vous ne savez pas ? Je croyais que vous vous étiez rendu en Kamarg avant de venir à mon secours...

— Je ne connais que des rumeurs. Comment vont Noblegent, von Villach, le Comte Airain ?...

Elle baissa les yeux.

— Von Villach a été tué par un lance-flammes sur la frontière nord. Le Comte Airain...

— Qu'y a-t-il ?

— La dernière fois que je l'ai vu, mon père gisait sur son lit de malade, et même les remèdes de Noblegent ne semblaient rien n'y faire. On eût dit qu'il avait perdu tous ses sentiments — ou qu'il ne souhaitait plus vivre. Il disait que la Kamarg devait bientôt tomber, il croyait que vous étiez mort et que tout était perdu.

Hawkmoon dit d'un air farouche :

— Je dois revenir en Kamarg — même si ce n'est que pour redonner le goût de la vie au Comte Airain. Après votre départ, il a dû se laisser aller et ne plus s'intéresser à rien.

— S'il vit toujours, dit-elle doucement comme pour repousser la terrible éventualité.

— Il doit vivre. Si la Kamarg tient toujours, c'est que le Comte Airain est encore en vie.

Un bruit de cavalcade s'éleva du couloir qui menait à la grande salle. Hawkmoon tira son épée et se plaça devant Yisselda.

La porte s'ouvrit tout à coup sur un Oladahn essouflé suivi de près par D'Averc.

— Les soldats de Granbretanne, dit Oladahn. Ils sont trop nombreux pour que nous puissions les combattre. Ils doivent fouiller le château et les environs à la recherche du butin ou de survivants.

D'Averc bouscula le petit homme.

— J'ai essayé de les raisonner, j'ai dit que j'avais le droit de les commander et que mon rang était plus élevé que celui de leur chef, mais (il haussa les épaules) il semble bien que D'Averc n'ait plus de grade dans les légions de Granbretanne. Le pilote de l'ornithoptère a dû vivre assez longtemps pour raconter ma maladresse. Je suis un hors-la-loi à présent, tout comme vous...

Hawkmoon fronça les sourcils.

— Entrez, vous deux, et fermez cette grande porte. Cela devrait les tenir à l'écart un moment.

— C'est la seule sortie ? demanda D'Averc tout en repoussant la porte.

— Je le crois, oui, dit Hawkmoon. Mais nous nous occuperons de cela plus tard.

Le Guerrier d'Or et de Jais sortit de l'ombre. Il tenait à la main une cordelette tachée de sang à laquelle pendait l'Amulette Rouge.

Il s'avança vers Hawkmoon et lui tendit l'amulette tout en prenant bien soin de ne pas la toucher directement.

— Voilà, dit le Guerrier d'Or et de Jais. Elle est à vous.

Hawkmoon se recula.

— Je n'en veux pas, et ne la prendrai pas. C'est une chose mauvaise, elle a conduit trop d'hommes à la mort ou à la folie. Stalnikov lui-même était une victime. Gardez-la ou trouvez quelqu'un d'autre qui accepte de la porter !

— Vous devez la porter, dit d'une voix sonnante le Guerrier. Vous êtes le seul à y avoir droit.

— Non ! Il tendit la main vers Yisselda. Cette amulette a fait d'elle une bête sauvage. Tous ceux que nous avons vus dans le village de pêcheurs ont été tués par le pouvoir de cette amulette. Tous ceux qui se sont opposés à nous, l'Amulette les avait rendus fous. Tous ceux qui sont morts dans cette cour — détruit par l'Amulette Rouge ! Il la fit tomber des mains du Guerrier. Je n'en veux pas. Si c'est là ce que le Bâton Runique souhaite, je ne désire pas faire partie de son plan !

— C'est ce que les hommes, les insensés de votre espèce, en font qui corrompt son influence, dit le Guerrier d'Or et de Jais d'une voix grave. Il est de votre devoir, en tant que serviteur élu du Bâton Runique, de prendre cet objet. Il ne vous fera pas de mal et ne vous apportera que le pouvoir.

— Le pouvoir de détruire et de rendre les hommes fous !

— Le pouvoir de faire le bien, le pouvoir de combattre les hordes du Ténébreux Empire !

Hawkmoon ricana. La porte commença à craquer et il comprit que les soldats de Granbretanne les avaient découverts.

— Ils sont trop nombreux, dit Hawkmoon. Cette amulette nous donnera-t-elle le pouvoir de leur échapper même s'il n'y a qu'une sortie — celle-là même ?

— Elle vous aidera, dit le Guerrier d'Or et de Jais tout en se baissant pour ramasser l'amulette par son cordon.

La porte craqua une nouvelle fois.

— Si l'Amulette Rouge peut faire tant de bien, que ne la touchez-vous vous-même ? dit Hawkmoon.

— Je n'en ai pas le droit. Il pourrait m'arriver ce qui est advenu à ce misérable Stalnikov. Le Guerrier s'avança vers lui. Prenez-la. C'est pour elle que vous êtes venu.

— Je suis venu pour sauver Yisselda. Mon rôle est terminé.

— C'est aussi pour cela qu'elle est venue.

— Ainsi donc, tout cela était arrangé...

— Non. C'était une partie du plan. Mais vous dites que vous êtes venu pour la sauver et vous refusez cependant le seul moyen de vous enfuir avec elle. Une fois que les soldats seront entrés dans cette salle, ils détruiront tout et nous massacreront tous. Et il y a de grandes chances pour que le sort de Yisselda soit pire que le vôtre...

La porte commença à se fendre et Oladahn et D'Averc reculèrent, l'épée à la main.

— Dans un instant, ils seront là, dit D'Averc. Adieu, Oladahn, et vous aussi, Hawkmoon... vous étiez meilleurs compagnons que certains...

Hawkmoon regarda l'amulette.

— Je ne sais pas...

— Croyez-moi, lui dit le Guerrier d'Or et de Jais. Je vous ai déjà sauvé dans le passé. Ne l'aurais-je fait que pour vous perdre à présent ?

— Me perdre, non, mais une puissance maligne passera en moi. Comment puis-je savoir si je suis un serviteur du Bâton Runique ? Je n'ai que votre parole et rien ne m'indique que je ne sers pas une cause plus noire.

— La porte va s'ouvrir ! cria Oladahn. Duc Dorian ! Nous avons besoin de votre aide ! Que le Guerrier s'échappe avec Yisselda s'il le peut encore !

— Vite ! dit le Guerrier en lui tendant l'amulette. Prenez-la et sauvez au moins la jeune fille.

Hawkmoon hésita encore un instant puis se saisit de l'Amulette Rouge. Il la garda un instant au creux de la main comme un petit animal familier, mais extrêmement puissant. Sa lueur rouge semblait augmenter sans cesse pour finir par inonder de sa clarté la grande salle du château. Hawkmoon sentit le pouvoir pénétrer en lui ; son corps tout entier ressentit un bien-être soudain et il pouvait à présent se déplacer avec une grande agilité. Son esprit n'était plus alourdi par les événements des jours passés. Il sourit puis passa la cordelette autour de son cou avant d'embrasser une nouvelle fois Yisselda. Puis, l'épée à la main, il se tourna vers la grande porte qui ne tenait presque plus sur ses gonds.

Un instant plus tard, la porte s'effondra devant les guerriers de Granbretanne, soldats aux masques de tigre ou de chien incrustés de pierres semi-précieuses.

Leur chef fit un pas en avant.

— Frères, nous allons leur faire payer nos efforts.

Et le duel s'engagea.

Chapitre V

LE CARNAGE

— Que le Bâton Runique me vienne en aide ! s'écria Hawkmoon.

Puis il fit un bon en avant et, d'un terrible moulinet, coupa le cou de son premier assaillant. Le tranchant de son épée s'abattit ensuite sur un autre guerrier avant de percer l'armure d'un troisième.

Il n'y avait plus autour de Hawkmoon que flots de sang et métal tordu. L'amulette jetait des lueurs écarlates sur les masques des guerriers et Hawkmoon lança ses camarades à l'attaque — ce qui était bien la dernière chose à laquelle s'attendaient les soldats du Ténébreux Empire.

Aveuglés par le rayonnement de la pierre, ils levaient les bras devant leurs yeux et ne pensaient même plus à se protéger. Hawkmoon, Oladahn et d'Averc se battaient avec une incroyable agileté, bientôt suivis par le Guerrier d'Or et de Jais dont la terrible épée frappait en tout sens.

Hawkmoon fut alors attaqué par six guerriers armés de haches et bien déterminés à l'empêcher de continuer de se battre, mais il réussit à se débarrasser d'eux en un rien de temps. A force de servir, son épée s'émoussa et Hawkmoon résolut de l'utiliser comme une hache. Il s'empara d'une épée ennemie et reprit le combat, frappant d'une main et tailladant de l'autre.

— Ah, murmura Hawkmoon, l'Amulette Rouge vaut son pesant d'or. Ce disant, il enfonça la pointe de son arme dans la gorge d'un Granbreton qui tomba en hurlant sur le dallage.

Les quelques survivants essayaient de s'enfuir vers la porte mais le Guerrier d'Or et de Jais les empêchait de sortir, assisté par D'Averc qui se chargeait de les tailler en pièces au fur et à mesure qu'ils se présentaient à lui.

Jetant un regard de côté, Hawkmoon aperçut Yisselda : agenouillée, la tête dans les mains, elle refusait de voir le carnage.

— Quel plaisir de massacrer ces charognes, dit Hawkmoon. Regarde, Yisselda, je t'en prie, voici notre triomphe !

Mais la jeune fille ne releva pas la tête.

La grande salle était emplie de cadavres atrocement mutilés ; haletant, Hawkmoon cherchait de nouveaux attaquants, mais il ne s'en présentait plus à lui. Après avoir jeté sa seconde épée, il rangea la première dans son fourreau et prit dans ses mains l'Amulette Rouge afin de la mieux regarder.

Après avoir observé le motif qui y était ciselé, il murmura :

— Voilà. Tu m'as aidé à tuer. Je t'en suis reconnaissant, mais je me demande toujours si tu n'as pas plus de puissance à faire le mal que le bien...

Les lueurs de l'amulette vacillèrent et disparurent peu à peu. Hawkmoon leva les yeux vers le Guerrier d'Or et de Jais :

— Sa flamme s'est éteinte. Qu'est-ce que cela signifie ?

— Rien, répondit le Guerrier. Elle tire sa puissance d'un lieu très éloigné et ne peut pas toujours assurer le contact. Mais ne vous en faites pas, sa lueur reviendra. (Il s'arrêta pour tendre l'oreille vers le couloir :) J'entends des pas, ils ne devraient pas être seuls.

— Allons les affronter, dit D'Averc en s'inclinant devant Hawkmoon. Après vous, mon cher. Il me semble que vous êtes le mieux équipé d'entre nous.

— Non, dit le Guerrier. J'irai à sa place, car le pouvoir de l'Amulette est affaibli pour l'instant. Allons.

Prudemment, ils franchirent la porte délabrée, tandis que Hawkmoon restait en compagnie de Yisselda. Elle le regarda dans les yeux et lui dit :

— Je suis heureuse que vous les ayez tués bien que je déteste voir la mort venir d'une manière si peu humaine.

— Ils vivaient comme des bêtes, lui dit doucement Hawkmoon, et ne méritent pas de mourir comme des hommes. On ne peut traiter autrement les soldats du Ténébreux Empire. Nous allons devoir les combattre à nouveau. Soyez brave, mon aimée, car ils représentent le plus grand danger que nous devions affronter.

Le Guerrier d'Or et de Jais s'était déjà jeté sur les premiers attaquants qui, devant la violence de son épée, cherchaient à se cacher dans les recoins du couloir, fous de colère de ne pouvoir blesser ces hommes qui avaient déjà massacré plus de vingt-cinq des leurs.

Les soldats du Ténébreux Empire refluèrent alors vers la cour jonchée de cadavres et cherchèrent à reformer leurs rangs mais leurs quatre opposants se lançaient déjà à leur poursuite.

Il faisait froid et le crachin continuait de tomber, mais Hawkmoon et ses compagnons se sentaient invincibles. Le sourire aux lèvres, ils contemplaient leurs ennemis avec un air si féroce que les guerriers du Ténébreux Empire hésitaient avant de se jeter sur eux, bien qu'ils leur fussent largement supérieurs en nombre. Le Guerrier d'Or et de Jais tendit sa main gantée en direction du pont-levis.

— Partez, dit-il d'une voix profonde et sonore, ou nous vous massacrerons sans pitié, comme nous l'avons fait de vos frères.

Hawkmoon se demanda si le Guerrier cherchait à leur jeter de la poudre aux yeux ou s'il croyait vraiment que l'Amulette Rouge pourrait les aider à vaincre un ennemi aussi nombreux.

Avant même qu'il ait pu en décider, un autre groupe de guerriers arriva en hurlant sur le pont-levis. Ils avaient l'air complètement enragé et tenaient à la main les épées qu'ils avaient arrachées aux cadavres.

Les amazones du Dieu Fou avaient réussi à sortir de leurs filets.

— Montrez-leur l'Amulette, murmura à Hawkmoon le Guerrier d'Or et de Jais. Elles ont l'habitude de lui obéir. Bien avant le Dieu Fou, c'est cela qui les a ensorcelées.

— Mais son éclat a disparu, dit Hawkmoon sur un ton de reproche.

— Cela n'a pas d'importance. Montrez-leur l'Amulette.

Hawkmoon enleva l'Amulette Rouge de son cou et la brandit devant les guerrières en folie.

— Arrêtez-vous. Au nom de l'Amulette Rouge, je vous ordonne de ne point nous attaquer, mais de vous jeter sur ceux-ci... dit-il en désignant les soldats du Ténébreux Empire. Venez, je vais vous conduire !

Hawkmoon s'élança et trancha le cou d'un Granbreton avant même que celui-ci ait pu faire le moindre geste.

Les femmes vinrent facilement à bout de la horde ennemie, s'acharnant sur les blessés avec une incroyable férocité.

— Laissons-les, dit D'Averc. Ne songeons plus qu'à nous enfuir.

Hawkmoon haussa les épaules :

— Ce n'est là qu'une petite partie des troupes du Ténébreux Empire. Les autres ne doivent pas se trouver très loin car ce n'est pas dans leurs habitudes que de se séparer au combat.

— Suivez-moi, dit le Guerrier d'Or et de Jais. Je crois qu'il est temps de libérer les bêtes du Dieu Fou.

Chapitre VI

LES BÊTES DU DIEU FOU

Le Guerrier d'Or et de Jais les conduisit vers une partie de la cour où deux grandes portes de métal avaient été scellées dans le dallage. Après avoir déplacé plusieurs cadavres, ils parvinrent à tirer les énormes anneaux de fer et à ouvrir les portes qui résonnèrent sur la pierre. Une longue rampe de pierre s'enfonçait dans l'obscurité. Il se dégageait du souterrain une odeur chaude, à la fois familière et étrangère à Hawkmoon qui hésita avant d'entrer, car il était certain que cela annonçait un danger quelconque.

— Ne craignez rien, lui dit avec fermeté le Guerrier. Avancez. C'est là le seul moyen de quitter cet endroit.

Lentement, Hawkmoon s'enfonça dans l'obscurité, suivi de près par ses compagnons.

La faible lumière du jour lui permit d'apercevoir une longue salle au bout de laquelle se trouvait un objet de grande taille. Hawkmoon voulut demander de quoi il s'agissait mais le Guerrier d'Or et de Jais dit :

— Pas maintenant. Occupez-vous d'abord des bêtes. Elles sont dans leurs stalles.

Hawkmoon comprit que la pièce était une sorte d'étable ou d'écurie, bordée de stalles de chaque côté. Puis il entendit des gémissements et des grognements animaux ; une porte craqua lorsque une masse énorme s'abattit dessus.

— Ce ne sont pas des chevaux, dit Oladahn. Ni des taureaux. Duc d'Orian, je trouve qu'ils ont une odeur de *chats*.

— Oui, moi aussi, répondit Hawkmoon tout en caressant le pommeau de son épée. Des chats, c'est bien leur odeur. Mais comment des chats pourraient-ils nous aider à fuir ?

Plusieurs flambeaux étaient accrochés au mur ; D'Averc s'empara de l'un d'eux et frotta une pierre afin d'allumer la mèche. Les flammes resplendirent bientôt et Hawkmoon put voir que ce qui se trouvait tout au bout de l'étable était un vaste chariot, assez grand pour transporter plusieurs hommes. Ses doubles brancards pouvaient recevoir quatre bêtes.

— Ouvrez les stalles, dit le Guerrier d'Or et de Jais, et harnachez les chats.

Hawkmoon se retourna aussitôt :

— Nous allons atteler des chats ? Cela convient peut-être à un dieu fou, mais pas à nous qui sommes des mortels sensés. De plus, ces chats sont sauvages, Guerrier. C'est du moins ce qu'il me semble entendre. Si nous ouvrons ces stalles, ils vont se jeter sur nous.

Comme pour confirmer ses paroles, un grand rugissement s'éleva qui fut aussitôt repris par les autres animaux. Le vacarme était tel qu'il était impossible de s'entendre.

Quand les hurlements commencèrent à décroître, Hawkmoon haussa les épaules et fit quelques pas en direction de la rampe.

— Nous trouverons des chevaux là-haut et tenterons notre chance avec ces montures plus familières.

— Vous n'avez donc pas appris à me faire confiance ? lui dit le Guerrier. Ne vous ai-je pas dit la vérité à propos de l'Amulette et du reste ?

— Je n'en suis pas encore tout à fait certain, répondit Hawkmoon.

— Les guerrières n'ont-elles pas obéi au pouvoir de l'Amulette Rouge ?

— C'est vrai, dit Hawkmoon.

— Les bêtes du Dieu Fou ont appris à obéir à celui qui porte l'Amulette. Dorian Hawkmoon, croyez-vous que j'ai quelque chose à gagner en vous induisant en erreur ?

Hawkmoon haussa de nouveau les épaules :

— Je ne fais plus confiance à rien depuis que je connais le Ténébreux Empire. Je ne sais pas si vous avez quelque chose à gagner. Cependant... (il s'approcha d'une stalle et posa ses mains sur la porte de bois)... je suis fatigué de tergiverser et vais vérifier si ce que vous dites est vrai.

Il souleva la barre de bois qui retenait la porte mais celle-ci fut aussitôt repoussée par une patte gigantesque. Une tête apparut ensuite, plus grosse que celle d'un bœuf et plus féroce que celle d'un tigre ; une tête de chat furieux, aux yeux pleins de colère et aux longs crocs jaunâtres. L'animal sortit lentement de la stalle et les regarda avec méfiance ; ils purent alors voir que son échine était hérissée de longues pointes et que sa queue, à la différence de celle des chats, était terminée de piquants acérés.

— Une légende devenue vivante, dit D'Averc d'une voix nerveuse. Un des jaguars mutants d'Asiacommunista. J'ai lu dans un grimoire que ces animaux auraient existé il y a un millier d'années et qu'ils seraient nés de quelque expérience particulièrement néfaste...

— C'est vrai, dit le Guerrier, mais leur vie est loin d'être éternelle.

La tête massive se tourna alors vers Hawkmoon tandis que la queue continuait de remuer en tout sens. Les yeux de la bête se fixèrent sur l'amulette qui pendait au cou de Hawkmoon.

— Commandez-lui de se coucher, dit le Guerrier.

— Couché ! dit Hawkmoon. La bête s'allongea instantanément sur le sol, referma la gueule et cessa de remuer la queue. Ses yeux avaient perdu un peu de leur férocité.

Un sourire se dessina sur les lèvres de Hawkmoon :

— Pardonnez-moi, Guerrier. Très bien. Libérons les trois autres à présent. Oladahn, D'Averc...

Ses compagnons allèrent ôter les barres des portes tandis que Hawkmoon prenait Yisselda dans ses bras.

— Cet attelage, lui dit-il à voix basse, nous ramènera en Kamarg, mon aimée. (Une idée lui traversa subitement l'esprit :) Guerrier, mes sacoches, elles doivent toujours être sur mon cheval, à moins que ces chiens ne me les aient volées !

— Restez ici, dit le Guerrier qui se dirigeait déjà vers la rampe. Je vais aller voir.

— J'irai moi-même, dit Hawkmoon. Je connais le...

— Non, dit le Guerrier. C'est moi qui irai.

Hawkmoon devint soupçonneux. Et pourquoi ?

— Vous seul, avec le pouvoir de l'Amulette, avez la possibilité de maîtriser ces bêtes. Si vous vous en allez, elles se jetteront sur nous et nous tueront.

Hawkmoon recula à contrecœur et laissa le Guerrier d'Or et de Jais s'éloigner.

Trois nouveaux chats furent sortis de leurs stalles, semblables en tout point au premier. Oladahn toussa avec nervosité.

— Rappelez-leur que c'est à vous qu'elles doivent obéir, dit-il à Hawkmoon.

— Couchés ! dit Hawkmoon aux bêtes qui obéirent instantanément.

Il s'approcha de l'une d'entre elles et posa sa main sur son cou musclé. De la taille d'un cheval mais infiniment plus puissants que celui-ci, les chats du Dieu Fou n'avaient pas été conçus pour tirer des attelages mais bien pour tuer.

— Amenez ce char, dit Hawkmoon, et attelez ces créatures.

D'Averc et Oladahn tirèrent le chariot ; fait de cuivre noir et d'or vert, il dégageait une odeur de vieillerie. Seul le cuir des rênes était relativement récent. Ils passèrent les harnais sur le cou et les épaules des bêtes qui n'eurent pas le moindre mouvement d'humeur et se contentèrent de remuer les oreilles quand les boucles se refermèrent un peu trop rapidement.

Quand tout fut terminé, Hawkmoon fit signe à Yisselda de monter dans le chariot :

— Nous devons attendre le retour du Guerrier, lui dit-il. Ensuite seulement, nous pourrons partir.

— Où est-il ? demanda D'Arverc.

— Il est parti chercher mes affaires, expliqua Hawkmoon.

D'Averc haussa les épaules et abaissa son masque sur son visage :

— Il est bien long, me semble-t-il. Je ne serai à l'aise que quand nous aurons laissé derrière nous cet endroit maudit. Il y a par ici une odeur de mort qui me déplaît fort.

Oladahn leva la main vers l'entrée du passage et dit, tout en tirant son épée :

— Est-ce cela que vous avez senti, D'Averc ?

Tout en haut de la rampe se tenaient six ou sept guerriers du Ténébreux Empire appartenant à l'Ordre de la Belette. Leurs masques pointus semblaient trembler de plaisir dans l'attente du massacre qu'ils allaient pouvoir s'offrir.

— Montez dans le chariot, vite ! ordonna Hawkmoon, tandis que les Belettes commençaient à descendre le long de la rampe.

Hawkmoon s'installa sur le siège du conducteur et s'empara d'un fouet qu'il fit claquer au-dessus des têtes des chats.

— Debout, mes beautés ! — Les chats se relevèrent. — Et maintenant, en avant !

Le chariot fit un grand bond quand les quatre bêtes se mirent à tirer. Les guerriers au masque de belette se mirent à pousser des hurlements quand les monstres se précipitèrent sur eux. Certains sautèrent en bas de la rampe, mais d'autres ne furent pas assez rapides et passèrent sous les pattes et les roues du chariot.

L'étrange attelage déboucha dans le jour gris, renversant de nouveaux soldats que le tumulte avait attirés près des portes.

— Où est donc le Guerrier ? cria Hawkmoon. Où sont mes sacoches ?

Mais le Guerrier d'Or et de Jais restait invisible, de même que le cheval de Dorian Hawkmoon.

Des hommes du Ténébreux Empire se précipitèrent alors sur le chariot : Hawkmoon leur cingla le visage de son fouet tandis que D'Averc et Oladahn les taillaient en pièces à l'aide de leurs épées.

— Passez les portes ! cria D'Averc. Vite, ils vont bientôt nous écraser !

— *Où est le Guerrier ?* répéta Hawkmoon qui regardait tout autour de lui comme un animal aux abois.

— Il nous attend certainement dehors ! cria D'Averc d'un air désespéré. Partons, Duc Dorian, ou nous sommes perdus !

Hawkmoon aperçut son cheval non loin des portes du château : il avait été dépouillé de ses sacoches et il était impossible de savoir qui s'en était emparé.

Il cria une nouvelle fois, pris de panique :

— Où est donc le Guerrier d'Or et de Jais ? Je dois le retrouver. La vie ou la mort de la Kamarg dépend du contenu de ces sacs !

Oladahn le prit par l'épaule et lui dit d'un ton pressant :

— Si nous ne partons pas d'ici, ce sera la mort pour nous, et peut-être pire pour Yisselda !

Les paroles d'Oladahn parvinrent à le tirer de son indécision ; il poussa un grand cri et fouetta les chats du Dieu Fou qui franchirent à toute allure les portes et le pont-levis du château avant de galoper le long du lac, suivis par ce qui semblait être toutes les hordes de Granbretanne.

Bien plus rapides que les chevaux, les bêtes du Dieu Fou emportèrent le chariot cahotant loin du château et du lac couvert de brume ; vifs comme l'éclair, ils traversèrent le village de pêcheurs et s'engagèrent sur une route boueuse qui les mena dans les collines, puis déboucha sur les vastes plaines d'Ukranie. La route céda la place à un terrain peu stable mais les jaguars mutants n'eurent aucun mal à le traverser.

— Si je peux me permettre de faire une remarque, dit D'Averc qui s'accrochait péniblement aux flancs du chariot, il me semble que nous allons un peu trop vite...

Oladahn se força à sourire. Il était couché sur le plancher du chariot et essayait d'épargner à Yisselda les cahots de la route.

Hawkmoon ne répondit pas. Serrant les rênes dans ses mains, il ne réduisit pas la vitesse. Son visage était livide et ses yeux pleins de colère, car il était certain d'avoir été dupé par celui qui prétendait être son principal allié contre les forces du Ténébreux Empire, l'incorruptible Guerrier d'Or et de Jais.

CHAPITRE VII

LE COMBAT DANS LA TAVERNE

— Hawkmoon, arrêtez-vous, de par le Bâton Runique ! Arrêtez-vous ! Etes-vous possédé ?

D'Averc n'avait jamais été aussi inquiet et tirait par la manche le Duc de Köln qui ne pensait qu'à fouetter son attelage. Cela faisait plusieurs heures que le chariot roulait ; il avait traversé deux rivières sans même ralentir et s'engageait à présent dans une forêt. La nuit commençait à tomber et il pouvait à chaque instant heurter un arbre et renverser ses passagers. Même les puissants jaguars se fatiguaient ; pourtant, Hawkmoon continuait de les fouetter sans merci.

— Hawkmoon ! Vous êtes fou !

— J'ai été trahi ! lui répondit Hawkmoon. Trahi ! Le salut de la Kamarg se trouvait dans ces sacoches et le Guerrier d'Or et de Jais les a emportées. En échange de cette machine aux pouvoirs illimités, il m'a laissé cette pierre ! Allez, hue, en avant !

— Dorian ! Ecoutez-le ! Vous allez tous nous

tuer ! dit Yisselda, la voix entrecoupée de sanglots. Vous voulez votre mort ? Comment ferez-vous alors pour venir en aide au Comte Airain et à la Kamarg ?

Le chariot sauta en l'air et retomba brutalement sur le sol. Un quelconque véhicule n'aurait pu résister à un pareil choc ; les passagers crurent bien que leur dernière heure était arrivée.

— Dorian ! Vous êtes devenu fou. Le Guerrier ne peut pas nous trahir. Il vous a aidé. Les soldats du Ténébreux ont dû l'attaquer et lui voler les sacoches !

— Non ! Je me doutai de quelque chose au moment même où il a quitté l'écurie. Il est parti — et le cadeau de Rinal avec lui !

La rage et la nervosité de Hawkmoon commençaient à passer et il ne fouettait plus les flancs des chats du Dieu Fou. Peu à peu, le chariot ralentit et n'avança plus qu'à faible allure.

D'Averc prit alors les rênes des mains de Hawkmoon qui n'offrit aucune résistance et s'installa à l'arrière du chariot.

Puis D'Averc retint les rênes et les bêtes s'arrêtèrent pour s'écrouler aussitôt sur le sol, complètement épuisées.

Yisselda caressait les cheveux de Hawkmoon :

— Dorian, la Kamarg n'a besoin que de vous. Je ne sais pas quelle est cette machine dont vous parliez, mais je suis persuadée que vous n'en avez pas besoin pour combattre. Et puis, vous possédez l'Amulette Rouge. Elle vous sera certainement de quelque utilité.

Il faisait nuit et les rayons de la lune jouaient dans les branches des arbres. D'Averc et Oladahn descendirent du chariot, se détirèrent et partirent à la recherche de bois sec.

Hawkmoon leva les yeux. La clarté lunaire inondait son visage blême et le joyau noir incrusté dans son front. Il regarda Yisselda d'un air mélancolique et s'efforça de lui sourire :

— Merci, Yisselda, d'avoir foi en moi, mais je crains qu'il ne faille plus que Dorian Hawkmoon pour anéantir les forces du Ténébreux Empire. La perfidie du Guerrier m'a fait perdre tout espoir...

— Rien ne prouve sa perfidie, Dorian.

— Non, mais je *savais* qu'il désirait nous quitter pour emporter la machine avec lui. Je suis persuadé qu'il est loin à présent. Il n'est pas évident que cet acte représente pour lui quelque chose d'ignoble. Sa cause est peut-être plus importante que la mienne, mais cela ne l'excuse pas à mes yeux. Il m'a déçu. Il m'a trahi.

— S'il est serviteur du Bâton Runique, peut-être en sait-il plus que vous. Il souhaite peut-être mettre cette machine à l'abri ; peut-être même vous serait-elle néfaste.

— Rien ne me prouve qu'il soit au service du Bâton Runique. Il y a même de grandes chances qu'il appartienne au Ténébreux Empire et que je sois devenu leur instrument !

— Vous êtes trop soupçonneux, mon aimé.

— La vie m'a obligé à être ainsi, dit Hawkmoon. Et je le serai jusqu'à la défaite de la Granbretanne, ou jusqu'à ma mort.

Puis il se serra contre elle, enfouit sa tête lasse dans son sein et s'endormit.

Le soleil se leva pour resplendir dans l'air frais du matin. Les soucis de Hawkmoon avaient disparu avec sa fatigue et chacun était de meilleure humeur que la veille. Hommes et bêtes mouraient de faim et Oladahn s'était fabriqué un arc et des flèches avant de s'enfoncer dans la forêt à la recherche de gibier.

D'Averc s'occupait à nettoyer son masque de sanglier avec un morceau d'étoffe qu'il avait découvert au fond du chariot.

Il toussa d'un air peu naturel et dit :

— L'air de ces contrées ne m'est pas très recommandé. J'aimerais mieux retourner en Orient ; peut-être même en Asiacommunista où existe une haute civilisation. Mes talents seraient reconnus et l'on m'offrirait certainement quelque haut poste.

— Vous n'espérez donc plus obtenir de récompense du Roi-Empereur ? demanda Hawkmoon d'un air innocent.

— La récompense qu'il m'a promise est la

même que la vôtre, dit D'Averc avec tristesse. Si ce maudit pilote n'avait pas survécu... si l'on ne m'avait pas vu combattre à vos côtés dans la cour du château... Non, mon ami, je crois que mes ambitions en Granbretanne sont loin d'être réalisées.

Oladahn revint alors, qui portait deux daims de belle taille. Ses compagnons se précipitèrent vers lui pour l'aider à les poser sur le sol.

— Deux en deux coups, dit-il avec fierté. Et les flèches étaient fabriquées à la hâte.

— Nous ne pourrons jamais tout manger, dit D'Averc.

— Il faut peut-être penser à nourrir les chats sinon, Amulette ou pas Amulette, ils nous sauteront dessus avant la fin de la journée.

Ils débitèrent le plus gros des daims et le jetèrent aux jaguars mutants qui n'en firent qu'une bouchée. Puis ils entreprirent de construire un feu dont ils se serviraient pour rôtir leur déjeuner.

Quand ils purent finalement se rassasier, Hawkmoon soupira et se mit à sourire :

— On dit que la bonne chère éloigne les soucis, dit-il, mais je n'y avais pas cru jusqu'à maintenant. Je me sens un autre homme. C'est le premier bon repas que je fais depuis des mois. Un repas champêtre de gibier fraîchement abattu, quelle merveille !

D'Averc avait mangé une énorme quantité de

viande et s'essuyait les doigts avec méthode. Il dit :

— J'admire votre santé, Hawkmoon, et j'aimerais bien avoir un appétit comme le vôtre.

— Et moi, je voudrais bien manger autant que vous, dit Oladahn qui se mit à rire, car vous avez fait des provisions pour une semaine au moins.

D'Averc lui jeta un regard noir.

Yisselda était toujours vêtue de la cape de Hawkmoon ; elle frissonna quelque peu et reposa sur le feu l'os qu'elle avait rongé.

— Je me demande, dit-elle, si nous ne pourrions pas nous mettre en quête d'une ville. Je voudrais me procurer un certain nombre de choses...

Hawkmoon eut l'air embarrassé :

— Bien sûr, Yisselda, mais cela posera certains problèmes... Si les guerriers du Ténébreux Empire pullulent dans les environs, nous aurions intérêt à prendre le plus rapidement possible le chemin de la Kamarg. Nous trouverons peut-être une ville dans les Carpathes. Nous ne devons plus en être très loin à présent.

D'Averc tendit la main vers le chariot.

— Je ne pense pas que nous soyons très bien accueillis en arrivant dans un tel équipage, dit-il. Il vaudrait peut-être mieux qu'un seul d'entre nous entre en ville... Mais nous n'avons pas d'argent.

— Je possède l'Amulette Rouge, dit

Hawkmoon. Nous pourrions essayer de la monnayer.

— Insensé, lui dit D'Averc d'un air de reproche. Cette amulette est votre vie, et la nôtre. C'est notre seule protection, l'unique moyen de maîtriser ces monstres. Il me semble que ce n'est pas l'Amulette que vous haïssez, mais les responsabilités qu'elle entraîne.

Hawkmoon haussa les épaules :

— C'est possible. Je n'aurais pas dû dire cela. Mais je vous assure que je ne l'aime pas. J'ai vu quelque chose que vous ne connaissez pas — le visage de l'homme qui l'a portée pendant plus de trente ans.

Oladahn l'interrompit :

— Pourquoi discuter, mes amis ? J'ai pensé à tout cela. Pendant que vous acheviez nos ennemis dans la grande salle du château, j'ai arraché les yeux de quelques-uns des guerriers...

— Les yeux ! s'écria Hawkmoon, horrifié. Puis il se reprit et sourit quand il vit Oladahn tenir dans sa main une poignée de joyaux arrachés aux masques des Granbretons.

— Eh bien, dit D'Averc, il nous faut absolument nous procurer des vivres et Dame Yisselda a besoin de vêtements. Qui attirera le moins l'attention quand il pénétrera en ville ?

Hawkmoon le regarda d'un air ironique :

— Vous, bien entendu, Sire Huillam D'Averc, si vous abandonnez votre masque de sanglier. Ce joyau noir me désigne trop bien et

Oladahn est trop velu pour avoir bonne figure. Cependant, vous êtes toujours mon prisonnier...

— Cela me chagrine, Duc Dorian, je croyais que nous étions alliés, unis contre l'ennemi commun, unis par le sang, pour nous avoir sauvés mutuellement la vie...

— Il ne me semble pas que vous m'ayez sauvé la vie.

— Pas vraiment, bien sûr, mais...

— De plus, je ne suis pas disposé à vous libérer en compagnie d'une poignée de joyaux, continua Hawkmoon d'une voix plus grave. Je ne me sens pas très confiant aujourd'hui.

— Je vous donne ma parole, Duc Dorian, dit D'Averc dont le regard semblait se durcir.

Hawkmoon fronça les sourcils :

— Il a montré qu'il était notre ami à plusieurs reprises, dit doucement Oladahn.

Hawkmoon soupira :

— Pardonnez-moi, D'Averc. Très bien. Quand nous arriverons dans les Carpathes, vous irez acheter ce dont nous avons besoin.

Ils reprirent la route, à une allure plus lente que la veille, mais tout de même supérieure à celle de n'importe quel cheval. Ils quittèrent vers midi l'immense forêt et, quand le soleil se coucha, ils purent voir au loin se détacher sur le ciel les montagnes des Carpathes. Au même instant, Yisselda tendit la main vers le nord pour leur indiquer l'approche d'un certain nombre de cavaliers.

— Ils nous ont vus, dit Oladahn, et je crois bien qu'ils vont essayer de nous couper le chemin.

Hawkmoon fit claquer son fouet au-dessus des jaguars mutants. « Plus vite ! » cria-t-il, et la vitesse du chariot s'accrut presque aussitôt.

Un peu plus tard, D'Averc dit, essayant de couvrir de sa voix le tumulte des roues :

— Ce sont des cavaliers du Ténébreux Empire, il n'y a pas de doute là-dessus. Et je crois bien qu'ils appartiennent à l'Ordre du Morse.

— Le Roi-Empereur doit envisager l'invasion de l'Ukranie, dit Hawkmoon. Autrement, je ne vois pas pourquoi tant de guerriers de Granbretanne seraient rassemblés en ce pays. Cela signifie qu'il a très certainement consolidé ses conquêtes au Sud et à l'Ouest.

— Sauf en Kamarg, souhaitons-le, dit Yisselda.

Ils continuèrent de rouler à toute allure tandis que les cavaliers se rapprochaient de plus en plus du chariot et de ses occupants.

Hawkmoon sourit car les cavaliers devaient penser qu'ils étaient à leur portée :

— Bande bien ton arc, Oladahn, dit-il. Voici une occasion de nous montrer ton adresse.

Les cavaliers portaient de grotesques masques de morses faits d'ébène et d'ivoire. Quand ils furent assez près du chariot, Oladahn tira sa première flèche. Un cavalier tomba. Les autres soldats lancèrent des javelines dans la direction du chariot mais celui-ci était trop éloigné pour être atteint. Deux autres représentants de l'Ordre du Morse tombèrent sous les traits d'Oladahn et les jaguars se jetèrent sur leur proie qu'ils dévorèrent instantanément.

Deux heures plus tard, ils s'arrêtèrent et installèrent leur campement dans les premiers contreforts des Carpathes.

Trois jours passèrent. Arrêtés par le flanc rocheux de la montagne, ils comprirent qu'ils devraient se séparer de leur chariot s'ils voulaient traverser la chaîne des Carpathes. Ils avaient essayé de trouver un passage, et ces deux jours de recherche n'avait abouti à rien.

De plus, leurs ennemis ne devaient plus être très loin s'ils s'étaient jamais lancés à leur poursuite. Ils étaient persuadés que les guerriers avaient reconnu en Hawkmoon celui que le Roi-Empereur Huon s'était promis d'anéantir. Désireux de se faire remarquer par leur maître, les soldats du Ténébreux Empire n'en étaient que plus appliqués dans leurs recherches.

Ils commencèrent à escalader péniblement la pente raide de la montagne, abandonnant derrière eux le chariot et les jaguars.

Au moment où ils arrivaient sur un rebord qui semblait vouloir faire le tour de la montagne, ils entendirent des bruits de sabots et se retournèrent brusquement pour voir les cavaliers masqués qui les avaient attaqués dans la plaine.

— Nous sommes encore à portée de leurs javelines, dit D'Averc. Et nous ne pouvons pas nous mettre à l'abri.

Hawkmoon se mit à sourire :

— Ne perdez pas espoir. — Puis il éleva la voix : — Sus, mes bêtes, tuez-les, mes chats ! Je vous l'ordonne, au nom de l'Amulette !

Les jaguars mutants se tournèrent vers les guerriers qui, débordant de joie à l'idée de mettre la main sur leurs ennemis, n'avaient pas remarqué les monstres. Le chef leva sa javeline...

Et les chats bondirent.

Yisselda détourna les yeux devant le carnage et les hurlements des guerriers résonnèrent longuement contre le flanc des montagnes.

Le jour suivant, ils traversèrent la chaîne de montagnes et arrivèrent en vue d'une vallée verdoyante où se blottissait une petite ville rouge à l'aspect paisible.

D'Averc contempla la ville avant de tendre la main à Oladahn :

— S'il vous plaît, donnez-moi les joyaux, ami Oladahn. Par le Bâton Runique, je me sens presque nu !

Il prit les joyaux, les fit sauter dans la paume de sa main, jeta un regard à Hawkmoon et partit en direction du village.

Allongés dans l'herbe, ils le regardèrent dévaler le flanc de la colline et s'avancer dans les rues ; puis ils le perdirent de vue.

Ils attendirent quatre heures. Hawkmoon commençait à faire la grimace et à jeter des regards noirs à Oladahn qui ne pouvait rien faire d'autre que se mordre les lèvres et hausser les épaules.

Quand D'Averc réapparut enfin, il n'était plus seul. Hawkmoon comprit avec horreur que ceux qui l'accompagnaient faisaient partie de l'Ordre du Loup, l'ancien Ordre du Baron Meliadus. Avaient-ils reconnu et fait prisonnier d'Averc ? Mais non, au contraire, D'Averc semblait en excellents termes avec eux. Il leur fit un signe amical puis monta le long de la colline, porteur d'un lourd fardeau. Hawkmoon ne comprenait plus rien, car les Loups étaient rentrés dans le village après avoir laissé partir D'Averc.

— Il sait parler, dit Oladahn avec un sourire. Il a dû les convaincre qu'il n'était qu'un innocent voyageur. Le Ténébreux Empire doit utiliser une nouvelle fois la technique de la conquête pacifique.

— C'est possible, répondit Hawkmoon qui n'était pas tout à fait convaincu.

D'Averc jeta sur le sol son lourd baluchon et en sortit plusieurs chemises ainsi qu'une paire de braies et un certain nombre de denrées périssables — pain, fromages, saucisses, viande froide, etc. Il rendit à Oladahn la plus grande partie des joyaux.

— J'en ai tiré un bon prix, dit-il.

Mais il fronça les sourcils en voyant la mine de Hawkmoon :

— Eh quoi, Duc Dorian ? Vous n'êtes pas satisfait ? Je regrette de ne pas avoir pu trouver de robe pour Dame Yisselda, mais je crois que cette chemise et ces braies feront l'affaire.

— Ces soldats du Ténébreux Empire, dit Hawkmoon en tendant la main vers le village. Vous aviez l'air en très bons termes.

— J'ai été méfiant, je vous l'avoue, dit D'Averc, mais ceux-ci ne font pas montre de violence et sont venus dans les Carpathes pour montrer au petit peuple les bienfaits de la civilisation granbretonne. Le Roi de ce pays entretient apparemment un de leurs nobles. C'est le processus habituel, l'or avant la violence. Ils m'ont posé quelques questions, mais je n'ai rien fait pour éveiller leurs soupçons. Ils disent qu'ils font la guerre en Tchequie et que seules une ou deux villes ne sont pas encore tombées.

— Vous n'avez pas parlé de nous ? demanda Hawkmoon.

— Bien sûr que non.

Hawkmoon se détendit quelque peu, à moitié satisfait.

D'Averc ramassa la toile dans laquelle il avait emballé les vivres et les vêtements :

— Regardez : quatre capes dotées de capuchons, semblables à celles que portent les saints hommes du pays. Nos visages seront dissimulés. J'ai appris qu'une ville plus importante se trouvait à un jour de marche d'ici, en direction du sud. C'est une ville où l'on peut acheter des chevaux. Cela vous convient, j'espère ?

Hawkmoon hocha la tête :

— Oui. Nous avons besoin de chevaux.

La ville portait le nom de Zorvanemi et grouillait de monde venu acheter ou vendre des chevaux. Les grandes écuries se trouvaient un peu à l'extérieur de la cité et il était possible de s'y procurer toutes les races de chevaux, des percherons jusqu'aux pur-sang.

Ils arrivèrent trop tard pour acheter le soir même et s'arrêtèrent dans une auberge proche du marché, afin de repartir au matin sans avoir perdu trop de temps. Çà et là déambulaient de petits groupes de soldats du Ténébreux Empire, mais ces derniers ne firent pas attention aux saints hommes qui s'étaient mêlés à la foule bigarrée.

Baignés de la douce chaleur de la salle d'auberge, ils commandèrent à boire et à manger avant de consulter une carte et de discuter à voix basse du moyen le plus sûr pour se rendre en France.

Un peu plus tard, la porte de l'auberge s'ouvrit brutalement pour laisser entrer des soldats de l'Ordre du Sanglier auquel D'Averc avait jadis appartenu. Hawkmoon fut immédiatement sur ses gardes. Avec leurs lourdes armures et leurs masques grotesques, ils ressemblaient exactement aux animaux auxquels ils s'étaient identifiés et l'on eût dit que de véritables sangliers avaient appris à parler et à marcher sur leurs pattes de derrière.

L'aubergiste se sentait gêné et dut tousser plusieurs fois avant d'oser leur demander le vin qu'ils désiraient consommer.

— Du vin fort, et beaucoup ! cria le chef. Pareil pour les femmes. Où est-ce qu'elles sont, d'abord ? J'espère pour toi qu'elles sont mieux que tes chevaux. Allons, dépêche-toi. Nous avons passé toute la journée à acheter des chevaux et à faire prospérer les affaires de cette ville ; alors, fais-nous plaisir.

Les Sangliers étaient venus acheter des chevaux pour le compte de l'armée qui, de l'autre côté de la frontière, s'occupait à conquérir la Tchéquie.

Hawkmoon, Oladahn, Yisselda et D'Averc mirent leur capuchon et burent leur vin sans oser lever les yeux.

En plus de l'aubergiste, il y avait deux hommes et trois servantes dans la salle. L'une d'elles passa à côté du sanglier qui l'attrapa par la taille et appuya le groin de son masque contre sa joue.

— Allons, fillette, tu ne veux pas embrasser un vieux cochon ? grogna-t-il.

Elle se débattit, mais en vain. Les consommateurs s'étaient tus et l'atmosphère de la taverne devint subitement tendue.

— Viens avec moi, continua le sanglier, je me sens en rut.

— Non, je vous en prie, laissez-moi partir, dit la fille en sanglotant. Je dois me marier la semaine prochaine.

— Tu vas te marier ? dit d'un air goguenard le guerrier. Eh bien, je vais t'apprendre une ou deux choses que tu pourras montrer à ton mari.

La fille se mit à crier et chercha à nouveau à se dégager. Mais personne d'autre ne bougea dans l'auberge.

— Allez, viens, dit le soldat d'une voix rude. On va sortir...

— Je ne veux pas, dit la fille en pleurant. Pas avant mon mariage...

— Ce n'est que ça ? — Le sanglier se mit à rire. — Eh bien, je vais te marier, si cela peut te faire plaisir. — Il se tourna subitement vers les quatre compagnons tapis dans l'ombre : — Vous êtes des saints hommes, non ? L'un d'entre vous va nous marier. — Avant même que Hawkmoon et les autres aient compris ce qui se passait, le sanglier tira à lui Yisselda : — Fais-nous une belle cérémonie, saint homme, sinon... par le Bâton Runique ! Quelle sorte de saint homme es-tu donc ?

La capuche de Yisselda était tombée, dévoilant ainsi sa chevelure féminine.

Hawkmoon se leva. Il n'y avait plus rien à

faire que se battre. Oladahn et D'Averc furent debout un instant après.

Ils tirèrent les épées qui étaient cachées sous leurs aubes et se jetèrent sur les guerriers tout en criant aux femmes de s'enfuir.

Les sangliers étaient ivres et surpris, ce que n'étaient pas les trois compagnons. C'était là leur seul avantage. L'épée de Hawkmoon se glissa entre le masque et l'armure de l'un des soldats qui mourut aussitôt avant même d'avoir pu tirer son épée. Au même instant, Oladahn toucha un autre soldat à la jambe et D'Averc coupa la main d'un troisième qui avait ôté ses gantelets d'acier.

Les hommes et les femmes se hâtaient de gagner les escaliers et de s'installer à la galerie d'où ils pourraient tout voir.

Empêché par l'étroitesse de la pièce de se battre selon les règles de l'art, Oladahn sauta sur les épaules d'un sanglier et lui planta la pointe de son épée dans les yeux après avoir brisé d'un coup de pommeau les pierres semi-précieuses qui ornaient son masque.

D'Averc se battait avec un soldat assez habile qui le repoussait peu à peu vers les escaliers tandis que Hawkmoon luttait désespérément contre un homme armé d'une hache gigantesque dont chaque coup arrachait les bois des poutres et des solives.

Gêné par son manteau, Hawkmoon essaya de s'en débarrasser mais se prit les pieds dans l'étoffe et tomba à terre. La brute poussa un rugissement et leva sa hache au-dessus de Hawkmoon, mais celui-ci parvint à rouler sur le côté.

La hache s'enfonça profondément dans le plancher après avoir tranché le manteau, mais Hawkmoon se releva vivement pour assener un terrible coup d'épée sur la nuque de son assaillant.

Le sanglier poussa un grognement et tomba sur les genoux. Hawkmoon souleva le masque de bête et vit un visage grimaçant à la bouche ouverte. Sans hésiter un seul instant, Hawkmoon y plongea son épée si profondément que la jugulaire du masque en fut tranchée. Quand il retira sa lame, le casque tomba sur le sol avec un bruit métallique.

Oladahn se battait toujours d'une manière très personnelle qui tenait plus du corps à corps que du duel classique. Il parvint à saisir son ennemi par le bras et, le tirant brusquement à lui, l'empala sur son épée. Le soldat poussa un cri de douleur et tomba sur le sol, mort.

Oladahn et Hawkmoon prirent ensuite à revers le guerrier qui se battait contre D'Averc et le mirent hors de combat en un instant.

Il n'y avait plus un sanglier de vivant, si ce n'est le manchot qui pleurait comme un enfant tout en se traînant sur le sol.

Haletant, Hawkmoon regarda la salle de l'auberge et le carnage qu'ils y avaient fait :

— Du beau travail pour des saints hommes, dit-il.

D'Averc avait l'air pensif :

— Peut-être, dit-il doucement, mais il est temps de changer de déguisement.

— Que voulez-vous dire ?

— Il y a ici assez d armures pour nous déguiser en guerriers ; et puis, n'oubliez pas que j'ai déjà la mienne. Je parle le langage secret de l'Ordre du Sanglier. Avec un peu de chance, nous pourrions voyager dans l'appareil de ceux que nous haïssons le plus : les hommes du Ténébreux Empire. Nous nous demandions comment traverser les contrées où l'Empire a imposé sa domination. Eh bien, voilà la réponse.

Hawkmoon se mit à réfléchir. La proposition de D'Averc était assez folle, mais avait pourtant des chances de réussir.

— Oui, dit Hawkmoon, vous avez peut-être raison, D'Averc. Nous pourrions traverser sans encombre les armées du Ténébreux Empire et nous rendre plus rapidement en Kamarg. C'est d'accord. Prenons ces armures.

Et ils commencèrent à dépouiller les cadavres des soldats.

— Nous pouvons être sûrs de l'aubergiste et des gens de la ville, dit D'Averc, car ils ne diront à personne que des soldats du Ténébreux Empire ont été tués en ce lieu.

Oladahn les regarda tout en se frottant le bras :

— C'est dommage, dit-il en soupirant, c'est là un exploit qui devrait passer à la postérité.

CHAPITRE VIII

LE CAMP DU TÉNÉBREUX EMPIRE

— Par les Géants de la Montagne ! Je vais périr étouffé avant peu !

La voix feutrée d'Oladahn sortait du grotesque masque de métal qui l'enserrait comme un carcan. Les quatre compagnons se trouvaient dans la pièce située au-dessus de la grande salle de la taverne et essayaient les armures des soldats du Ténébreux Empire.

Hawkmoon trouvait, lui aussi, ce déguisement inconfortable. Sans parler du fait qu'il n'était pas spécialement à sa taille, il le rendait purement et simplement claustrophobe. Il avait déjà porté une armure de ce genre quand, peu de temps auparavant, il avait revêtu le costume de l'Ordre du Loup, auquel appartenait le Baron Meliadus ; mais le déguisement de sanglier était bien plus lourd et bien moins facile à porter que celui de loup. Ce devait être encore pire pour Yisselda. D'Averc était le seul à y être habitué et, ayant déjà revêtu son masque, regardait les autres avec un amusement non dissimulé.

— Cela ne m'étonne plus que vous soyez en mauvaise santé, lui dit Hawkmoon. Je ne connais rien de plus malsain et je crois bien que je vais abandonner ce plan.

— Vous vous y habituerez rapidement, lui dit D'Averc pour le rassurer. Bientôt, vous vous sentirez nu quand vous n'aurez plus cette armure sur le dos.

— Je préférerais cela, dit Oladahn qui luttait pour arracher son masque de sanglier.

Il y parvint finalement et le masque fit un bruit sonore en tombant sur le sol.

— Faites-y attention, dit D'Averc en remuant un doigt. Il faut qu'ils soient impeccables.

Pour toute réponse, Oladahn se contenta d'un nouveau coup de pied dans le masque.

Après un jour et une nuit, ils chevauchaient au cœur de la Tchéquie. Il était visible que le Ténébreux Empire avait conquis cette province : villes et villages se trouvaient désertés, des cadavres crucifiés pourrissaient sur le bord de la route, les charognards se massaient dans le ciel et sur la terre où l'occasion leur était donnée de festoyer. La nuit était très claire, comme si le soleil se trouvait sans cesse à l'horizon, illuminée qu'elle était par les bûchers funèbres des villages, fermes, villas et cités. Et les hordes noires de l'Empire insulaire de Granbretanne bondissaient, l'épée dans une main et la torche dans l'autre, comme des démons de l'enfer, poussant des hurlements déchirants qui retentissaient à travers tout le pays dévasté.

Les survivants se cachaient en voyant les quatre cavaliers passer dans ce monde de terreur ; personne ne savait qui ils étaient vraiment, ni l'ami ni l'ennemi ne pouvait découvrir leurs véritables identités et personne ne cherchait vraiment à le savoir.

Le matin vint ensuite, petit jour noirci par la fumée des camps lointains, par les champs couverts de cendre et de cadavres ; un petit jour semblable à tous les autres sur une terre écrasée par la Granbretanne.

Un petit groupe de cavaliers s'approcha d'eux, vêtus de grands manteaux qui dissimulaient leurs masques d'animaux. Ils étaient montés sur des chevaux nerveux et se tenaient sur leurs selles comme s'ils chevauchaient depuis plusieurs jours déjà.

Il se rapprochèrent des quatre compagnons et Hawkmoon murmura :

— Certainement des hommes du Ténébreux Empire. Ils ont l'air de s'intéresser à nous...

Le chef rejeta en arrière son capuchon pour découvrir un masque de sanglier plus lourd et plus décoré que celui de D'Averc. Il retint son étalon et ses hommes s'arrêtèrent derrière lui.

— Silence, vous trois, murmura D'Averc tout en s'avançant vers le chef des sangliers. Je parlerai.

Le chef poussa alors une série de grognements étranges, tout à fait semblables à ceux produits par les porcs sauvages. Hawkmoon comprit que c'était là le langage secret de l'Ordre.

Mais quelle ne fût pas sa surprise quand il entendit D'Averc répondre sur le même mode. La conversation se poursuivit pendant quelques instants ; D'Averc désigna la route du doigt tandis que le chef des sangliers montrait une autre direction. Puis il éperonna son cheval et repartit au galop, accompagné de ses hommes.

— Que voulait-il ? demanda Hawkmoon.

— Si nous avions vu du bétail. Ils ont pour mission de trouver des vivres dans les environs et de les ramener au camp.

— Quel camp ?

— Il est assez important, je crois, et devrait se trouver à quatre miles d'ici. Ils se préparent à attaquer l'une des dernières villes qui résistent encore : Bradichla. J'y suis allé, l'architecture y est magnifique.

— Ainsi, nous sommes près de l'Otriche, dit Yisselda. Ensuite viennent l'Italia et la France, la Provence... la Kamarg...

— Exact, dit D'Averc. Vous connaissez parfaitement la géographie. Mais nous ne sommes pas encore arrivés et nous allons bientôt affronter la partie la plus dangereuse de notre périple.

— Qu'allons-nous faire de ce camp ? demanda Oladahn. L'éviter ou le traverser franchement ?

— Il est assez vaste, dit D'Averc. Nous avons intérêt à le traverser et même à y passer la nuit. Nous apprendrons peut-être quelque chose sur les intentions du Ténébreux Empire, s'ils connaissent notre présence en ce pays, par exemple.

Hawkmoon dit d'une voix feutrée et d'un air dubitatif :

— Je me demande si ce n'est pas dangereux. D'un autre côté, nous attirerons les soupçons si nous essayons de contourner le camp. Très bien. Nous irons.

— Ne faudra-t-il pas enlever nos masques ? demanda Yisselda.

— Ne craignez rien, lui dit D'Averc. Le vrai Granbreton a horreur de montrer son visage et dort la plupart du temps avec son masque.

Hawkmoon avait remarqué que sa voix était pleine de lassitude et qu'il leur faudrait bientôt se reposer. Le Camp du Ténébreux Empire serait donc leur prochaine étape.

Ils s'étaient attendus à trouver le camp immense mais il était véritablement gigantesque. Au-delà se dressaient les murailles et les tours de la ville de Bradichla.

— C'est une vraie merveille, dit D'Averc avec un soupir. Il secoua la tête. Quel dommage qu'elle doive tomber demain. Il faudrait être insensé pour résister à une pareille armée.

— Elle est étonnamment grande, dit D'Averc. Je ne pense pas que cela soit très utile pour une ville de cette importance.

— Le Ténébreux Empire aime conquérir rapidement, lui expliqua Hawkmoon. J'ai vu des armées plus importantes que celle-ci s'attaquer à des villes de plus petite taille. Toutefois, ce camp contrôle une grande portion de terrain et la coordination ne doit pas être très efficace. Nous devrions pouvoir nous y cacher pour la nuit.

Il y avait un peu partout des tentes, des cabanes et même des huttes de bois, des feux de camp où y mijotaient les aliments les plus divers, et des écuries pour les chevaux, mules et autres montures. Des esclaves tiraient de grandes machines de guerre dans la boue du campement, sous le commandement de soldats appartenant à l'Ordre de la Fourmi. Des bannières flottaient dans le vent et les étendards d'une vingtaine d'Ordres militaires étaient plantés dans le sol. On eût dit de loin qu'il s'agissait d'une étrange congrégation d'animaux : une file de loups avançaient lentement tandis qu'un groupe de taupes (l'Ordre des Soldats du Génie) discutait autour d'un feu ; çà et là passaient des guêpes, des corbeaux ou des rats, des renards, des tigres et des sangliers, des boucs, des gloutons, des outardes et même quelques mantes, — Ordre auquel appartenait le Roi-Empereur Huon en personne.

Hawkmoon put reconnaître un certain nombre de bannières : celle d'Adaz Promp, Grand-Maître de l'Ordre du Chien ; l'étendard décoré de Brenal Farnu, indiquant qu'il était Baron de Granbretanne et Grand-Maître de l'Ordre des Rats ; l'emblème flamboyant de Shenegar Trott, comte de Sussex.

Hawkmoon pensa que cette ville devait être la dernière à tomber au cours de cette campagne et que c'était pour cela que l'armée était si importante et que tant de seigneurs de haut rang se trouvaient présents. Il aperçut Shenegar Trott en personne, que l'on portait sur une litière. Sa tunique était couverte de joyaux et son masque d'argent parodiait amèrement le visage humain. Shenegar Trott ressemblait à un aristocrate ruiné par le plaisir, mais Hawkmoon l'avait vu combattre au Gué de Weizna, sur le Rhin : il s'était enfoncé sous les eaux avec son cheval et avait marché sur le lit du fleuve pour réapparaître un peu plus tard sur la rive ennemie. C'était là une caractéristique étonnante que possédaient tous les nobles du Ténébreux Empire de Granbretanne : ils avaient un air paresseux et satisfait mais étaient en fait aussi braves — et souvent même plus — que les bêtes auxquelles ils s'identifiaient. Cependant, Shenegar Trott était également celui qui avait arraché le bras d'un enfant vivant et en avait mangé un morceau sous le regard horrifié de sa mère.

— Eh bien, dit Hawkmoon qui poussa un

long soupir, traversons le camp et installons-nous le plus près possible de son autre extrémité. J'espère que nous pourrons nous enfuir au matin.

Ils avancèrent lentement, salué de temps en temps par un Sanglier auquel D'Averc se chargeait de répondre. Ils arrivèrent finalement à la sortie du camp et mirent pied à terre avant d'installer la tente qu'ils avaient volée aux hommes rencontrés dans la taverne. D'Averc regarda les autres travailler, car il aurait semblé étrange qu'un guerrier de son rang travaille aux côtés de ses subordonnés.

Un groupe d'ingénieurs de l'Ordre du Blaireau arriva, traînant derrière eux une charrette pleine de cognées, de haches, de pommeaux, de pointes de flèches et d'autres objets du même genre.

— Du travail pour nous, frère sanglier ? grognèrent-ils tout en s'arrêtant à côté du petit campement.

Hawkmoon tira son épée.

— Il faudrait l'affûter.

— Moi, j'ai perdu mon arc et mon carquois de flèches, dit Oladahn qui venait de jeter un coup d'œil au fond de la charrette.

— Et votre compagnon ? dit l'homme au masque de blaireau. Il n'a plus d'épée.

Il montra Yisselda du doigt.

— Tu n'as qu'à lui en donner une, imbécile, s'écria D'Averc, très grand-seigneur.

Le blaireau s'empressa de lui obéir.

Quand ils furent équipés et que leurs armes furent affûtées, Hawkmoon sentit sa confiance lui revenir et fut satisfait de la tournure que prenait la situation.

Seule Yisselda semblait abattue. Elle posa sa main sur la lourde épée qu'elle avait été obligée de mettre à son côté et dit :

— C'est bien trop lourd pour moi. Je crois que je vais tomber à terre.

— Il vaut mieux que vous vous retiriez sous la tente, lui dit Hawkmoon. Vous pourrez vous reposer et enlever une partie de votre costume.

D'Averc regarda Hawkmoon et Oladahn préparer un feu de camp.

— Qu'est-ce qui vous tourmente, D'Averc ? demanda Hawkmoon. Asseyez-vous, le dîner sera bientôt prêt.

— Je ne me sens pas en sécurité, murmura D'Averc. J'ai bien peur que nous ne soyons en danger.

— Quoi ? Vous croyez que les Blaireaux nous soupçonnent ?

— Pas du tout.

D'Averc regarda le campement : le soir tombait et les guerriers commençaient à se coucher. Tout était plus tranquille et, sur les murailles de la ville, des soldats montaient la garde, prêts à résister jusqu'à la mort à une armée jusqu'alors invincible.

— Pas du tout, répéta D'Averc comme pour lui-même. Mais je serais plus soulagé si...

— Si quoi ?

— Je crois que je vais faire un tour pour écouter ce qui se dit.

— Est-ce bien prudent ? Et puis, si des membres de l'Ordre du Sanglier s'approchent de nous, je ne pourrai leur répondre.

— Je ne serai pas longtemps absent. Rentrez sous la tente dès que vous le pourrez.

Hawkmoon voulut arrêter D'Averc mais ce simple geste aurait attiré l'attention de tous. Une voix s'éleva alors derrière eux :

— C'est une belle saucisse que vous avez là, frères.

Hawkmoon se retourna : le guerrier portait le masque de l'Ordre du Loup.

— Oui, s'empressa de dire Oladahn. En veux-tu un morceau, frère ?

Il coupa une portion de saucisse qu'il tendit au guerrier masqué. Celui-ci se tourna pour soulever son masque, mit la saucisse dans sa bouche et abaissa son masque avant de leur faire face à nouveau.

— Merci, dit-il. Cela fait je ne sais combien de jours que je voyage. Notre commandant nous a fait aller à marche forcée. On vient d'arriver. C'est loin, la Provence.

— La Provence ? dit Hawkmoon avec curiosité.

— Oui. Tu connais ?

— J'y suis allé une ou deux fois. La Kamarg est-elle enfin tombée ?

— C'est tout comme. Notre commandant dit que c'est une question de jours. Ils n'ont quasiment plus de chef ni de provisions. Leurs armes ont tué un million d'entre nous, mais nous allons bientôt les avoir !

— Qu'est-il arrivé au Comte Airain, leur chef ?

— Il est mort, je crois, et s'il ne l'est pas, c'est tout comme. Leur moral est de pire en pire. Tout sera fini quand on reviendra là-bas. Je serai bien content, parce que cela fait plusieurs mois que j'y traîne. C'est la première fois que je change de coin depuis le début de cette campagne. Merci pour la saucisse, frères. Et pour demain, bon carnage !

Hawkmoon regarda le loup s'éloigner lentement dans la nuit puis il soupira et entra sous la tente.

— Vous avez entendu ? demanda-t-il à Yisselda.

— Oui. (Elle avait enlevé son casque et s'occupait à peigner ses longs cheveux.) Je crois que mon père est encore en vie.

Elle parlait d'une voix entrecoupée de sanglots et Hawkmoon put voir des larmes perler au bord de ses yeux.

Il prit son visage entre ses mains et lui dit doucement :

— Ne pleurez pas, Yisselda, et ne craignez

rien. Dans quelques jours, nous serons à ses côtés.

— S'il est toujours en vie...

— Il vivra, car il nous attend.

Un peu plus tard, Hawkmoon regarda au-dehors ; Oladahn était assis à côté du feu, les bras autour des jambes.

— Cela fait longtemps qu'il est parti, dit Oladahn.

— Oui, dit Hawkmoon d'un air distrait. Il regarda les murailles de la ville. Je me demande ce qui s'est passé.

— Je crois bien qu'il nous a abandonné...

Oladahn se leva brusquement quand plusieurs silhouettes firent leur apparition.

Le cœur de Hawkmoon fit un bond dans sa poitrine : c'était des Sangliers.

— Dans la tente, vite, murmura-t-il à Oladahn.

Mais il était trop tard. L'un des Sangliers s'était déjà adressé à Hawkmoon dans le langage secret de l'Ordre. Hawkmoon hocha la tête et leva la main comme s'il faisait un signe amical au guerrier, espérant que cela suffirait ; mais le sanglier parla d'une manière plus insistante. Hawkmoon essaya de rentrer dans la tente mais un bras le retint à l'extérieur.

Le Sanglier parla à nouveau. Hawkmoon

toussa et porta sa main à sa gorge pour montrer qu'il était malade. Le Sanglier dit alors :

— Je t'ai demandé, frère, si tu voulais boire avec nous. Enlève ce masque !

Hawkmoon savait qu'un membre d'un ordre n'avait pas le droit de demander à un autre membre d'ôter son masque — à moins qu'il ne le suspectât de le porter illégalement. Il recula de quelques pas et tira son épée.

— Je regrette de ne pas avoir envie de boire avec toi, *frère*. Mais je te tuerai volontiers.

Oladahn fut aussitôt à ses côtés, l'épée à la main.

— Qui es-tu ? grogna le Sanglier. Pourquoi portes-tu l'armure d'un autre Ordre ? Qu'est-ce que cela veut dire ?

Hawkmoon releva son masque et dévoila son visage livide au front duquel brillait le joyau noir.

— Je m'appelle Hawkmoon, dit-il simplement, et il bondit sur les guerriers abasourdis.

Les deux compagnons tuèrent cinq soldats du Ténébreux Empire avant même que le bruit de leur duel ait attiré l'attention des autres guerriers. Bientôt, Hawkmoon fut agrippé par une douzaine de mains et s'écroula dans la boue du camp, assommé par le manche d'une lance.

On le releva de force afin de le traîner devant un cavalier à l'armure sombre qui se tenait à quelques mètres des soldats. Son masque était relevé et Hawkmoon put lever les yeux vers le cavalier.

— Voilà qui est plaisant, Duc de Köln, dit une voix profonde et musicale ; une voix teintée de malice et de méchanceté, une voix que Dorian Hawkmoon crut reconnaître.

— Je n'ai pas fait ce long voyage en vain, dit un second cavalier en s'approchant du premier.

— J'en suis heureux, mon seigneur. Je crois que le Roi-Empereur sera content de moi.

Levant la tête, Hawkmoon reconnut avec horreur le masque compliqué de Huillam D'Averc.

Il se mit à crier :

— Ainsi donc, vous nous avez trahi ? Encore une fois ? Hawkmoon ne pourra-t-il avoir confiance en quelqu'un ?

Il essaya de se libérer et de se jeter sur D'Averc, mais les soldats l'empêchèrent de faire un mouvement.

D'Averc se mit à rire.

— Vous êtes naïf, Duc Dorian...

Puis il toussa faiblement.

— Que sont devenus les deux autres ? demanda le second cavalier. La fille et le petit homme-sauvage ?

— Nous les tenons, répondit l'un des hommes.

— Amenez-les dans mon camp. Je veux les voir de près. Vraiment, la journée aura été très bonne.

Chapitre IX

VOYAGE VERS LE SUD

Un orage avait éclaté au-dessus du camp et Oladahn, Hawkmoon et Yisselda furent traînés dans la boue devant les guerriers qui riaient et leur criaient des insultes. Après ce qui leur parut être une éternité, ils arrivèrent finalement devant une grande bannière plantée dans le sol.

L'orage redoubla de vigueur et des éclairs qui déchiraient le ciel éclairaient le campement. Hawkmoon poussa un cri de surprise en reconnaissant la bannière ; il voulut parler à Oladahn ou à Yisselda, mais fut poussé sous une vaste tente où un homme était assis sur un trône sculpté. D'Averc se tenait à ses côtés. L'homme portait le masque de l'Ordre du Loup ; sa bannière montrait qu'il était Grand-Maître de cet Ordre, c'est-à-dire l'un des nobles les plus importants de Granbretanne. Premier Chèvetain des Armées du Ténébreux Empire, Baron de Kroiden — un homme que Hawkmoon croyait mort, persuadé qu'il était de l'avoir tué de ses propres mains.

— Baron Meliadus ! grogna-t-il. Vous n'êtes donc pas mort à Hamadan !

— Non, je ne suis pas mort, Hawkmoon, bien que vous m'ayez grièvement blessé. J'ai réussi à échapper à cette bataille.

Hawkmoon s'efforça de sourire :

— Ce n'est pas le cas pour vos hommes. Nous vous avons défait, écrasé.

Meliadus se tourna vers un capitaine et lui dit :

— Apportez des chaînes. Beaucoup de chaînes. Entourez-en ces chiens et mettez-leur la serrure la plus solide qui soit. Cette fois-ci, je tiens à ce qu'ils reviennent en Granbretanne.

Puis il descendit de son trône et s'approcha de Hawkmoon afin de le regarder dans les yeux :

— Nous avons souvent parlé de toi à la cour du Roi Huon, traître, et nous t'avons préparé un châtiment à la mesure de ta perfidie. Ton agonie durera deux ans et tu ressentiras à chaque instant les souffrances de l'âme et du corps. Tu vois, Hawkmoon, nous y avons mis toute notre ingéniosité !

Il se recula, puis tendit sa main gantée de noir vers le visage de Yisselda qui détourna la tête, les yeux emplis de larmes et de colère :

— Quant à toi, je t'avais accordé l'honneur insigne de devenir ma femme. Il n'est plus question d'honneurs, à présent, mais je serai ton mari jusqu'à ce que je ne veuille plus de toi ou que ton corps se brise sous mes assauts. (La tête de loup se tourna lentement vers Oladahn :) Pour ce qui est de cette créature, inhumaine mais pourtant dotée de la faculté de se tenir sur ses deux pattes, elle rampera dans la boue comme l'animal qu'elle est et on lui apprendra à se comporter en bête docile...

Oladahn cracha sur le masque ciselé :

— Vous ferez un excellent modèle, s'écria-t-il.

Meliadus s'entoura de sa cape et remonta sur son trône.

— Vous serez bien traités jusqu'à ce que je vous ai présenté au Roi-Empereur, dit Meliadus d'une voix quelque peu incertaine. J'ai été patient et je le resterai quelques jours encore. Nous pourrions partir au matin pour la Granbretanne. Mais je préfère faire un petit détour afin que vous puissiez assister à la destruction finale de la Kamarg. J'y suis resté un mois, vous savez et j'ai vu les hommes mourir et les tours s'effondrer. Il n'en reste plus beaucoup debout. J'ai dit à mes hommes de ne pas lancer l'assaut final avant mon retour. Je me suis dit que vous aimeriez sûrement voir le viol de votre mère-patrie. (Il se mit à rire puis tourna à nouveau la tête :) Ah, voici les chaînes !

Des membres de l'Ordre du Blaireau arrivaient, porteurs de chaînes d'acier, de marteaux et de rivets.

Hawkmoon, Oladahn et Yisselda voulurent se

débattre, mais les Blaireaux les chargèrent de chaînes au point qu'ils tombèrent sur le sol.

Les rivets chauffés à blanc furent ensuite enfoncés et Hawkmoon comprit qu'aucun être humain ne pourrait échapper à de tels liens.

Quand le travail fut terminé, le Baron Meliadus vint les contempler :

— Nous voyagerons par voie de terre jusqu'à la Kamarg ; nous nous rendrons ensuite à Bordeaux, où un vaisseau nous attend. Je regrette de ne pouvoir vous offrir de machine volante — nous utilisons la plupart d'entre elles en Kamarg.

Hawkmoon ferma les yeux pour ne pas devoir montrer son mépris et sa colère envers celui qui l'avait ainsi fait prisonnier.

Les trois compagnons furent jetés dans un chariot le lendemain matin et ne reçurent pas de nourriture avant que le Baron Meliadus n'ait donné le signal du départ. Hawkmoon apercevait parfois son ennemi chevaucher en tête de la cohorte, suivi de près par Sire Huillam D'Averc.

Le temps était toujours très lourd et orageux ; quelques gouttes d'eau tombèrent sur le visage de Hawkmoon qui était si lourdement enchaîné qu'il ne pouvait pas même se débarrasser de l'humidité.

Cahotant, le chariot s'éloigna de la ville sur

laquelle les armées du Ténébreux Empire commençaient à marcher.

Hawkmoon avait l'impression d'avoir été trahi de tout côté. Il avait fait confiance au Guerrier d'Or et de Jais et celui-ci lui avait volé ses précieuses sacoches ; il avait fait confiance à D'Averc et s'était retrouvé entre les mains du Baron Meliadus. Et maintenant, il soupirait, se demandant si Oladahn ne le trahirait pas à la moindre occasion...

Peu à peu, il retrouva l'humeur qui l'avait habité plusieurs mois auparavant quand, défait et capturé par le Baron Meliadus, il avait longtemps séjourné en prison. Son visage devint impassible et ses yeux morts ; il cessa de penser.

Yisselda parlait parfois et il devait faire un effort pour lui répondre ; mais il ne lui adressait aucune parole réconfortante, sachant avec certitude qu'il n'en pourrait trouver aucune capable de la rassurer. Oladahn s'efforçait également d'entretenir la conversation, mais les deux autres ne lui répondaient pas, l'obligeant ainsi à retomber dans le silence. Les seuls instants où ils donnaient quelque signe de vie étaient ceux où un soldat leur ingurgitait de force une nourriture insipide.

Les jours passèrent et la caravane se dirigea lentement vers le Sud et la Kamarg.

Cela faisait plusieurs mois qu'ils espéraient ce retour, mais toute joie les avait maintenant quittés. Hawkmoon savait qu'il avait failli dans la mission qu'il s'était assignée : il n'avait pu sauver la Kamarg et son cœur était plein de ressentiment.

Puis ils traversèrent l'Italia et le Baron Meliadus leur dit un jour :

— Nous serons en Kamarg d'ici quelques jours. Nous passons à présent la frontière de France !

Et il éclata de rire.

CHAPITRE X

LA CHUTE DE LA KAMARG

— Faites-les asseoir, dit le Baron Meliadus, afin qu'ils puissent voir.

Il s'approcha d'eux et regarda à l'intérieur du chariot.

— Redressez-les, ordonna-t-il à ses hommes qui s'affairaient auprès des trois corps enchaînés. Ils n'ont pas l'air très en forme, ajouta-t-il. Je croyais pourtant qu'ils étaient résistants.

D'Averc chevauchait aux côtés du Baron Meliadus, plié en deux sur sa selle par de fréquentes quintes de toux.

— Vous n'allez toujours pas mieux, D'Averc. Mon apothicaire ne vous aurait-il pas donné la médecine que vous aviez requise ?

— Si fait, Seigneur Baron, répondit D'Averc d'une voix mourante, mais cela m'a fait peu de bien.

— Le mélange d'herbes aurait pourtant dû être efficace, dit Meliadus qui se tourna à nouveau vers les trois prisonniers. Vous voyez, nous nous sommes arrêtés sur cette colline pour que vous puissiez jeter un coup d'œil à votre patrie.

Hawkmoon cligna des yeux pour se protéger du soleil et reconnut les marais de Kamarg qui s'étendaient à l'horizon.

Puis il vit les sombres tours de guet de Kamarg, pleines d'armes terribles dont le secret n'était connu que du Comte Airain. A leurs pieds, un grand rassemblement d'hommes semblable à une gigantesque colonie de fourmis se préparait à l'attaque.

— Oh ! sanglota Yisselda. Ils ne pourront jamais résister, ils sont trop nombreux !

— Voici une remarque intelligente, ma chère, dit en riant le Baron Meliadus. Vous avez tout à fait raison.

Ils s'installèrent sur les pentes d'une colline qui descendaient doucement vers la plaine où les soldats du Ténébreux Empire se trouvaient rassemblés. Hawkmoon put voir de l'infanterie, de la cavalerie et des soldats du génie ; il vit des machines de guerre d'une taille gigantesque, d'immenses canons à flammes et des ornithoptères qui volaient dans le ciel comme de grands oiseaux de mauvais augure. Des métaux de toute sorte avaient été jetés dans la lutte contre la paisible Kamarg : le cuivre, le fer, le bronze et l'acier, de lourds alliages capables de résister aux morsures des lance-flammes, l'or, l'argent, le platine et le plomb. Les vautours marchaient aux côtés des crapauds et les chevaux se mêlaient aux taupes, pour ne pas parler des loups, sangliers, daims, chats sauvages, aigles, corbeaux, blaireaux et belettes. Les bannières de soie, aux couleurs vives des vingt plus grands nobles de Granbretanne, flottaient dans l'air humide et chaud. Les couleurs dansaient, jaune, pourpre, noir, rouge, bleu et vert, tandis que le soleil se reflétait sur les yeux gemmés de cinquante mille têtes auxquelles il donnait des allures féroces et malignes.

— Ah, dit le Baron Meliadus en riant. Cette armée est *la mienne*. Si le Comte Airain n'avait pas refusé de nous aider, vous seriez tous les alliés du Ténébreux Empire de Granbretanne. Mais vous nous avez résisté, et vous serez punis. Vous pensiez que vos armes et vos tours, pour ne pas mentionner l'héroïsme de vos hommes, pourraient résister à la puissance de la Granbretanne. Mais cela ne suffit pas, Dorian Hawkmoon, cela ne suffit pas ! Voyez, *mon* armée, levée par *moi* pour exécuter *ma* vengeance. Comprenez-vous enfin, Hawkmoon, quel insensé vous avez été ? (Il éclata de rire.) Tremblez, Hawkmoon, et vous aussi, Yisselda. Tremblez comme vos compatriotes doivent trembler à l'intérieur de ces tours ; car ils savent que les murailles s'écrouleront et que la Kamarg ne sera plus que cendre et boue avant le coucher du soleil. Même si toute mon armée doit périr dans l'affaire, je détruirai la Kamarg !

Oui, Hawkmoon et Yisselda tremblaient,

mais c'était de chagrin en pensant à la destruction promise par Meliadus le dément.

— Le Comte Airain est mort, dit le Baron Meliadus en s'éloignant vers la tête de la colonne. C'est maintenant le tour de la Kamarg ! (Il fit un signe de la main :) En avant. Il faut qu'ils voient le massacre.

Le chariot partit à nouveau en cahotant sur la route qui menait à la plaine, ballottant en tous sens sa cargaison humaine.

D'Averc continua de chevaucher tout près du chariot et de tousser avec ostentation.

— La médecine du Baron n'est pas mauvaise, dit-il finalement. Elle devrait guérir les maux de tous ses hommes.

Puis, après avoir prononcé cette phrase énigmatique, il s'éloigna au galop pour rejoindre son maître en tête de la colonne.

Hawkmoon vit d'étranges rayons fuser des tours et s'abattre sur les rangs ennemis, ne laissant qu'un terrain brûlé où des dizaines d'hommes s'étaient trouvés quelques secondes auparavant. Il vit la cavalerie de Kamarg prendre ses positions sous la forme de quelques dizaines de Gardians fatigués montés sur des chevaux cornus. Il vit les gens du peuple armés de haches et d'épées se masser derrière la cavalerie : mais il ne parvint pas à apercevoir le Comte Airain ni le vieux von Villach. Les hommes de Kamarg marchaient sans chef à leur dernière bataille.

Il entendit les bruits lointains de cette bataille : cris des attaquants, sifflement des lance-flammes, grondement des canons. Toutes les impressions se mêlèrent en lui : cliquetis des armures, odeur des bêtes et des hommes qui marchent dans la boue, grincement des ornithoptères.

Il n'avait qu'un seul désir, être libre pour pouvoir se battre, avoir une épée à la main et un cheval entre les jambes pour rallier à lui les hommes de Kamarg qui, même en l'absence de leur chef, étaient encore capables de résister aux hordes démoniaques.

La bataille continua jusqu'au soir. Hawkmoon vit alors une tour très ancienne vaciller et s'écrouler dans un fracas de tonnerre, touchée un millier de fois par les lance-flammes du Ténébreux Empire. Mais ce n'était pas la fin.

La nuit tomba et la bataille continua. La chaleur s'élevait, étouffante, et couvrait de sueur les corps des trois prisonniers. Assis autour d'eux, les gardes-loups riaient et discutaient du sort de la bataille. Leur maître avait, disaient-ils, pris son cheval pour aller voir de plus près la bataille qui se déroulait dans la plaine. L'un d'entre eux produisit une gourde pleine de vin, dotée d'un chalumeau qui leur permettrait de boire sans devoir ôter leur masque. Les loups burent tour à tour et continuèrent de parler pendant quelques instants avant de s'endormir comme des masses.

Oladahn en fit la remarque à Hawkmoon :

— Cela ne leur ressemble pas de s'endormir ainsi.

Hawkmoon soupira :

— Oui, mais cela ne nous sert à rien. Avec de telles chaînes, nous n'avons aucun espoir de nous enfuir.

— Comment ? C'était la voix de D'Averc. Vous avez perdu votre bel optimisme, Hawkmoon ? Cela me paraît difficile à croire !

— Allez-vous-en, D'Averc, dit Hawkmoon quand le Français sortit des ténèbres. Retournez lécher les bottes de votre maître.

— J'avais apporté ceci, dit D'Averc d'un air qui se voulait vexé, pour voir si cela pourrait vous aider. Un petit objet trapu se trouvait dans sa main. Après tout, c'est ma potion qui a drogué les gardes.

— Qu'avez-vous dans la main ? demanda Hawkmoon.

— C'est quelque chose de très rare que j'ai trouvé sur le champ de bataille. Il doit appartenir à quelque grand commandeur car fort peu de ces objets existent de nos jours. C'est une sorte de lance-flammes, assez petit pour tenir dans la main.

— J'en ai entendu parler, dit Hawkmoon. Mais à quoi cela peut-il nous servir ? Vous voyez bien que nous sommes enchaînés.

— Oui, je l'ai remarqué. Vous pourriez cependant prendre le risque que je vous relâche.

— C'est une nouvelle fourberie, D'Averc, que vous avez mise au point avec Meliadus.

— Vous me peinez. Qu'est-ce qui vous fait croire cela ?

— Parce que vous nous avez déjà livrés à Meliadus. Vous avez dû préparer votre piège au moment où vous parliez avec les guerriers, à l'entrée du village des Carpathes. Vous nous avez envoyés à leur maître pour que nous soyons plus aisément faits prisonniers.

— Oui, il pourrait en être ainsi, dit D'Averc en hochant la tête. Mais vous pouvez donner une explication toute différente : les Loups m'ont reconnu et nous ont suivis avant d'aller prévenir leur maître. J'ai appris au camp que Meliadus était venu vous chercher ; c'est pourquoi j'ai décidé de vous livrer à lui, afin que l'un au moins d'entre nous ait les mains libres. Qu'en pensez-vous ?

— C'est un peu gros.

— C'est un peu gros, mais c'est ainsi. Hawkmoon, il ne nous reste plus beaucoup de temps. Essaierai-je de fondre vos chaînes sans vous brûler ou préférez-vous rester là pour voir le développement de la bataille ?

— Fondez ces chaînes ! dit Hawkmoon. J'aurai au moins les mains libres pour vous étrangler si vous nous avez menti !

D'Averc dirigea le petit lance-flammes sur les bras de Hawkmoon. Il appuya sur un bouton et un faisceau de chaleur sortit de la gueule du petit instrument. Hawkmoon sentit son bras s'emplir de douleur mais serra les dents. La douleur s'accrut encore et il se retint pour ne pas hurler, mais finalement les maillons lâchèrent. Son bras droit était libre.

— Vite, murmura D'Averc. Tendez-moi une autre longueur de chaînes.

Hawkmoon fut bientôt libre de toute chaîne ; puis ce fut le tour de Yisselda et d'Oladahn. D'Averc avait l'air de plus en plus nerveux.

— J'ai apporté vos épées, dit-il. Ainsi que des chevaux et des masques. Vous devez me suivre. Mais hâtez-vous, car le Baron Meliadus va revenir incessamment.

En silence, ils s'avancèrent vers les chevaux puis montèrent en selle après avoir mis masques et épées.

Ce fut alors qu'ils entendirent des bruits de sabots se rapprocher ainsi que des cris de colère qui devaient venir de Meliadus.

— Vite ! dit D'Averc entre ses dents. Partons au galop vers la Kamarg !

Ils éperonnèrent leurs montures et dévalèrent la pente de la colline en direction du champ de bataille.

— Place ! criait D'Averc. Place ! Un message pour le front !

Les hommes s'écartaient tant bien que mal devant ces quatre cavaliers qui semblaient avoir aux trousses tous les démons de l'enfer.

— Place ! cria à nouveau D'Averc. Un message pour le Grand Commandeur ! (Il tourna alors la tête vers Hawkmoon :) J'en ai assez de répéter tout le temps le même mensonge ! (Puis il se mit à crier :) Place ! la potion pour les blessés !

Leurs chevaux bondissaient par-dessus les hommes et les machines de guerre, se rapprochant de plus en plus des tours de Kamarg, mais toujours suivis par le Baron Meliadus.

Ils arrivèrent alors dans un endroit où le sol était jonché de cadavres de Granbretons.

— Enlevez vos masques, leur cria D'Averc. C'est notre seule chance. Si les hommes de Kamarg vous reconnaissent à temps, ils nous laisseront passer. Sinon...

L'éclair rouge d'un lance-flammes déchira les ténèbres et passa à quelques centimètres de D'Averc. Derrière eux, d'autres lance-flammes se mettaient également en action.

— Arrêtez ! leur cria Meliadus qui se rapprochait de plus en plus. Insensés ! Vous allez périr sous les coups de vos propres forces !

De nouveaux lance-flammes fusèrent du côté de la Kamarg, illuminant la nuit de leurs flammes pourpres. Les chevaux avaient du mal à chevaucher parmi les cadavres et D'Averc était couché sur le col de sa monture, imité par Oladahn et Yisselda. Hawkmoon se redressa et, tirant son épée, se mit à crier :

— Hommes de Kamarg ! Voici Hawkmoon ! Hawkmoon est revenu !

Mais les lance-flammes ne s'arrêtèrent pas. D'Averc se redressa sur sa selle alors qu'ils approchaient de l'une des tours.

— Hommes de Kamarg ! Hawkmoon est de retour et il...

Atteint par les flammes, il jeta les bras en l'air et commença à basculer sur le côté. Hawkmoon se rangea à côté de lui afin de le maintenir en selle. Son armure était chauffée au rouge et fondue par endroits mais D'Averc n'était pas mort. Un rire léger sortit de ses lèvres brûlées :

— Quelle erreur j'ai fait là... unir mon destin au vôtre...

Oladahn et Yisselda s'arrêtèrent à leurs côtés.

— Prend les rênes de son cheval, Oladahn, dit Hawkmoon. Je le maintiendrai en selle et nous verrons si nous pouvons nous approcher des tours.

Les flammes fusèrent une nouvelle fois des rangs du Ténébreux Empire.

— Hawkmoon, arrêtez-vous !

Hawkmoon continua d'avancer dans la boue et les cadavres tout en soutenant D'Averc sur sa selle.

Un grand rayon lumineux jaillit de la tour et Hawkmoon se mit à crier :

— Hommes de Kamarg ! Voici Hawkmoon, et Yisselda, la fille du Comte Airain !

La lueur disparut. Les chevaux de Meliadus se rapprochaient de plus en plus et Yisselda commençait à ne plus pouvoir se tenir sur sa selle.

Hawkmoon était déjà prêt à affronter les loups de Meliadus.

Quand, tout à coup, une vingtaine de Gardians en armure et montés sur des chevaux cornus sortirent de la tour et entourèrent les quatre cavaliers.

L'un des Gardians regarda de près Hawkmoon et s'écria, les yeux illuminés par la joie :

— C'est mon seigneur Hawkmoon ! C'est Yisselda ! Notre chance est revenue !

Meliadus et ses hommes s'arrêtèrent en voyant les Gardians puis firent demi-tour et fondirent dans la nuit.

Ils arrivèrent au Château Airain au matin, à l'heure où les pâles rayons du soleil illuminent les marais. Le vent soufflait dans les roseaux qu'il gonflait comme des vagues et la colline qui surplombait la ville se gonflait de fruits mûrs et dorés. Tout en haut de la colline se tenait le Château Airain : son allure solide et ancienne ne semblait pas affectée par les guerres qui faisaient rage depuis plusieurs mois déjà.

Ils empruntèrent la petite route blanche qui menait au château, traversèrent la cour et s'arrêtèrent devant la porte principale où des palefreniers s'occupèrent de leurs montures. Puis ils pénétrèrent dans la grande salle, pleine des trophées du Comte Airain, mais étrangement froide et silencieuse. Une figure immobile les attendait près de la grande cheminée : malgré le sourire qui éclairait son visage, ses yeux étaient craintifs et son visage vieilli depuis le jour où Hawkmoon l'avait vu pour la dernière fois — lui, le sage Sire Noblegent, le poète-philosophe.

Noblegent embrassa Yisselda puis serra contre lui Dorian Hawkmoon.

— Comment se porte le Comte Airain ? demanda Hawkmoon.

— Bien, physiquement, mais il a perdu le désir de vivre. Noblegent fit signe à des domestiques d'aller aider D'Averc. Emmenez-le dans la chambre de la tour nord, la chambre des malades. J'irai le voir dès que cela me sera possible. Venez, leur dit-il. Voyez par vous-mêmes...

Oladahn resta en compagnie de D'Averc et les trois autres grimpèrent hâtivement le vieil escalier de pierre qui menait aux appartements du Comte Airain. Noblegent ouvrit une porte et ils pénétrèrent dans la chambre.

Il y avait un simple lit de soldat, grand et carré, aux draps blancs et aux oreillers rembourrés. Sur ceux-ci reposait une noble tête qui semblait avoir été taillée dans le métal. Les cheveux roux s'étaient teintés de gris, le visage bronzé était un peu pâle, mais la moustache flamboyante n'avait pas le moins du monde changé. De même que l'épais sourcil qui surplombait comme un rocher la grotte où se terraient des yeux d'un brun doré. Pourtant, ces yeux étaient tournés vers le plafond comme ceux d'un aveugle, et les lèvres restaient immobiles.

— Comte Airain, murmura Noblegent. Regardez.

Mais les yeux restèrent immobiles. Hawkmoon dut s'approcher du lit et se tenir au-dessus du visage du Comte, imité en cela par Yisselda.

— Comte Airain, votre fille Yisselda est de retour, ainsi que Dorian Hawkmoon.

Un vague murmure s'éleva des lèvres immobiles :

— Encore une illusion. Je croyais que ma fièvre était passée, Noblegent.

— Elle l'est, mon seigneur, ce ne sont pas des fantômes.

Les yeux se portèrent alors sur Yisselda et Hawkmoon :

— Suis-je donc mort pour vous retrouver enfin, mes enfants ?

— Vous êtes sur Terre, Comte Airain ! s'écria Hawkmoon.

Yisselda se baissa pour embrasser les lèvres de son père.

— Voici, père, un baiser bien terrestre.

Les lèvres bougèrent lentement et formèrent un sourire. Puis le corps tout entier remua sous les draps blancs et le Comte Airain se redressa subitement dans son lit.

— Ah ! C'est bien vrai ! J'avais perdu espoir ! Quel insensé je fais, j'avais perdu espoir !

Puis il se mit à rire, plein d'une vigueur nouvelle.

Noblegent était abasourdi :

— Comte Airain... je vous croyais déjà aux portes de la mort !

— Eh oui, mon bon Noblegent, mais je suis revenu, comme vous pouvez le voir. Comment va le siège, Hawkmoon ?

— Cela va mal pour nous, Comte Airain mais je gage que tout va aller mieux maintenant que nous sommes à nouveau réunis !

— Noblegent, préparez-moi mon armure. Mais où est donc mon épée ? s'écria le Comte Airain.

— Comte Airain... vous devez être encore faible...

— Alors, apportez-moi à manger, et je reprendrai des forces pendant que nous converserons.

Et le Comte Airain se leva pour aller embrasser sa fille et son fiancé.

Ils mangèrent dans la grande salle et Dorian Hawkmoon raconta au Comte Airain ce qui s'était passé depuis qu'il avait quitté le château, plusieurs mois auparavant. Ce fut ensuite le tour du Comte Airain qui rapporta les nombreuses tribulations de la Kamarg. Il leur apprit la mort courageuse de von Villach et comment lui-même avait été blessé ; il leur dit également dans quelles circonstances la disparition de Yisselda lui avait été rapportée et le dégoût de la vie qui l'avait alors envahi.

Oladahn pénétra alors dans la salle et fut présenté au Comte. Il dit que D'Averc était grièvement blessé, mais que Noblegent pensait qu'il serait capable de s'en tirer.

Ce fut, en fin de compte, d'heureuses retrouvailles, assombries toutefois par les combats qui se déroulaient aux frontières du pays, combats menés par des Gardians qui se battaient sans espoir de victoire.

Le Comte Airain endossa son armure de combat et rangea dans son fourreau sa lourde épée. Puis il dit aux autres :

— Hawkmoon, Oladahn, allons sur le terrain mener nos hommes à la victoire !

Noblegent se prit à soupirer :

— Il y a deux heures, je vous croyais mort, et maintenant, vous partez vous battre. Vous n'êtes pas encore rétabli, Sire.

— C'est mon esprit qui était malade, non pas mon corps, et je suis maintenant guéri, rugit le Comte Airain. Dites-leur d'apporter nos chevaux, Sire Noblegent !

Hawkmoon était un peu las mais retrouva une vigueur nouvelle en suivant le vieil homme dans la cour du château. Il envoya un baiser à Yisselda puis monta sur le cheval qui allait le conduire à la bataille.

Les trois cavaliers traversèrent ensuite les

marais, faisant s'envoler les flamants géants et s'enfuir les chevaux cornus. Le Comte Airain fit signe de la main et dit :

— Un tel pays mérite d'être défendu jusqu'à la mort. Une telle paix mérite que l'on fasse la guerre.

Ils entendirent bientôt les éclats du combat et arrivèrent à l'endroit où les armées de Granbretanne s'étaient lancées contre les tours.

Le Comte Airain dit dans un souffle : « C'est impossible. »

Mais c'était pourtant la réalité.

Les tours étaient tombées et gisaient à terre, brisées en mille morceaux. Les quelques survivants continuaient de combattre parmi les décombres, entourés par plusieurs dizaines de soldats du Ténébreux Empire.

— Voici la chute de la Kamarg, dit le Comte Airain d'une voix de vieillard.

CHAPITRE XI

LE RETOUR DU GUERRIER

Un des capitaines les aperçut et s'approcha d'eux. Son armure était percée de toute part et son épée brisée mais son visage resplendissait de joie :

— Comte Airain ! Enfin ! Venez, Sire, nous devons rallier les hommes et repousser les chiens du Ténébreux Empire !

Hawkmoon vit le Comte Airain s'obliger à sourire puis tirer son épée et dire :

— Oui, Capitaine. Essayez de trouver un ou deux hérauts qui puissent annoncer le retour du Comte Airain.

Des cris de joie s'élevèrent des rangs des Kamargais quand Hawkmoon apparut aux côtés du Comte Airain. Les soldats de Kamarg résistaient héroïquement devant les hommes du Ténébreux Empire et parvenaient même à leur reprendre du terrain. Suivi de Hawkmoon et d'Oladahn, le Comte Airain, redevenu l'invincible géant de métal, s'avança dans le gros de ses troupes.

— Faites place, compagnons ! s'écria-t-il. Laissez-moi affronter l'ennemi !

Le Comte Airain se saisit de son étendard de combat puis, l'épée en avant, se jeta sur la masse des guerriers masqués.

Hawkmoon venait derrière lui et les deux hommes avaient un air surnaturel, l'un dans son armure d'airain et l'autre avec l'étrange joyau noir qu'il portait au front. Puis une troisième silhouette se joignit à eux, celle d'un petit homme couvert de poils roux, et les trois terribles combattants prirent des allures mythologiques qui emplirent de terreur les soldats de l'Empire.

Hawkmoon chercha Meliadus du regard, se jurant de le tuer sans merci, mais ne parvint pas à le voir.

Des mains gantées essayaient de le jeter à bas de sa selle mais son épée volait en tout sens, crevant les yeux et tranchant les membres ou les têtes.

Les heures passèrent et les combats continuèrent, sans le moindre répit. Hawkmoon commençait à être fatigué et se tenait moins bien sur sa selle, légèrement blessé en une douzaine d'endroits et couverts de nombreuses meurtrissures. Son cheval fut tué mais les soldats qui l'assaillaient formaient des rangs si serrés qu'il lui fallut une bonne demi-heure avant de s'apercevoir de sa mort. Puis il sauta à terre et continua de se battre à pied.

Il ne se préoccupait pas du nombre de soldats que ses compagnons et lui avaient tués, car ils étaient de toute façon écrasés par le nombre et mal équipés.

— Ah, se dit-il à lui-même, si nous avions quelques centaines de soldats frais et dispos, nous pourrions remporter la journée. Par le Bâton Runique, il nous faut de l'aide !

Une étrange sensation électrique parcourut tout son corps et il poussa un petit cri de surprise, comprenant qu'il avait involontairement invoqué le Bâton Runique. L'Amulette Rouge se mit à resplendir à son cou et déversa en lui une force nouvelle. Il se mit à rire puis, fendant les rangs ennemis, courut vers les hommes de Kamarg. Il perdit son épée mais s'empara de la lance d'un cavalier qui se précipitait sur lui et monta à cheval pour relancer l'attaque.

— Hawkmoon ! Hawkmonn ! s'écria-t-il en reprenant le cri de guerre de ses ancêtres. A moi, Oladahn, Comte Airain !

Il parvint à fendre les rangs des guerriers masqués et à rejoindre ses compagnons. L'étendard de combat du Comte Airain se trouvait toujours dans la main de son légitime propriétaire.

— Repoussons-les ! cria Hawkmoon. Repoussons-les jusqu'aux frontières !

Hawkmoon fut alors partout, comme un tourbillon de mort et de désolation. Il fendait les rangs granbretons et ne laissait que des cadavres dans son sillage ; l'ennemi commença alors à défaillir et à perdre du terrain.

Un certain nombre de soldats préféra s'enfuir mais la haute silhouette du Baron Meliadus apparut alors pour les exhorter à retourner au combat.

— Demi-tour ! cria-t-il. Vous ne pouvez pas craindre des hommes si peu nombreux !

Mais la marée humaine l'entoura et l'obligea à s'éloigner du lieu du combat.

Les soldats fous de terreur fuyaient devant ce chevalier à la pâle figure dont l'épée semblait se trouver partout à la fois. Quel était donc cet homme au front orné d'un sombre joyau et à la gorge décorée d'une amulette flamboyante ? Ils l'avaient entendu crier le nom d'un mort, son propre nom — Dorian Hawkmoon, lui qui avait combattu à Köln et failli repousser l'armée du Ténébreux Empire, lui qui avait défié le Roi-Empereur Huon et presque tué le Baron Meliadus. Hawkmoon ! C'était le seul nom honni dans tout le Ténébreux Empire.

— Hawkmoon ! Hawkmoon ! criait-il sans arrêt tandis que son épée tranchait têtes et membres. Hawkmoon !

Possédé de la puissance de l'Amulette Rouge, Hawkmoon partit à la poursuite de l'armée, suivi de près par le Comte Airain dont l'épée de combat dégoulinait du sang de ses victimes. Oladahn venait ensuite, les yeux vifs et le poil rougi, à la tête des hommes de Kamarg, poignée de combattants au courage surhumain.

Le pouvoir de l'Amulette commença à disparaître et Hawkmoon sentit la douleur revenir dans son corps ; mais cela n'avait plus d'importance, car ils étaient arrivés aux limites du pays et regardaient leurs ennemis s'enfuir, épouvantés.

Oladahn se mit à rire :

— C'est la victoire, Hawkmoon.

Le Comte Airain parut soucieux.

— Oui, mais cela ne durera pas. Nous devons nous retirer, nous regrouper et trouver un lieu plus sûr, car nous ne les battrons pas une nouvelle fois en terrain découvert.

— Vous avez raison, dit Hawkmoon en hochant la tête. Maintenant que les tours sont tombées, nous devons trouver un autre endroit bien défendu, et je n'en vois pas d'autre que...

Il jeta un coup d'œil au Comte Airain.

— Oui, le Château Airain, dit le vieil homme. Nous devons faire porter un message dans tous les villages pour dire aux gens d'apporter leurs biens et leur bétail à Aigues-Mortes, où ils seront sous la protection du château...

— Serons-nous capables de tenir un siège aussi long ? demanda Hawkmoon.

— Nous verrons, répondit le Comte Airain qui regardait les armées se reformer dans le lointain. Mais le peuple trouvera au moins quelque protection quand les troupes du Ténébreux Empire procéderont à l'invasion de la Kamarg.

Ses yeux s'emplirent de larmes et il fit faire demi-tour à son cheval pour reprendre la direction du château.

Installé sur le balcon de ses appartements de la tour-est, Hawkmoon regardait le peuple de Kamarg se mettre à l'abri dans la vieille ville d'Aigues-Mortes. La plupart des gens s'amassaient dans l'amphithéâtre où les soldats leur apportaient des provisions et les aidaient à s'installer. Quand le soir tomba, tous les Kamargais se trouvaient en sécurité dans les rues ou les maisons d'Aigues-Mortes. Hawkmoon souhaita secrètement que la panique ou la maladie ne s'installe pas parmi eux, car il serait difficile de maîtriser une foule aussi énorme.

Oladahn le rejoignit sur le balcon et tendit la main en direction du nord-est :

— Regardez, lui dit-il. Des machines volantes.

Et Hawkmoon vit les formes sinistres des ornithoptères passer au-dessus de l'horizon. L'armée du Ténébreux Empire était en mouvement.

La nuit noire leur permit de voir les feux de camp des plus proches soldats.

— Demain, dit Hawkmoon, sera peut-être notre dernière bataille.

Ils descendirent dans la grande salle où Noblegent se trouvait en conversation avec le Comte Airain. Les deux hommes se tournèrent vers la porte pour voir Hawkmoon et Oladahn pénétrer dans la pièce.

— Comment D'Averc se porte-t-il ? demanda Hawkmoon.

— Mieux, dit Noblegent. Il a une excellente constitution et dit qu'il aimerait se lever pour dîner.

Yisselda pénétra également dans la salle :

— J'ai parlé aux femmes, dit-elle. Elles m'ont assuré qu'elles se trouvaient toutes sans exception à l'intérieur des murs. Avec le bétail, nous avons assez de provisions pour tenir une année entière...

Le Comte Airain sourit d'un air triste :

— Il faudra moins d'une année pour décider du sort de cette bataille. Que dit-on en ville ?

— Les gens sont confiants, dit-elle, maintenant qu'ils savent que vous êtes tous deux en vie.

— Il vaut mieux, dit le Comte Airain d'un air particulièrement sombre, qu'ils ne sachent pas que la mort viendra les prendre demain. Ou le jour suivant. Nous ne pourrons résister très longtemps à une armée aussi nombreuse, ma fille. La plupart de nos flamants sont morts et la voie des airs n'est virtuellement plus défendue. Presque tous les Gardians ont péri et les soldats qui restent encore en vie n'ont que peu d'expérience du combat.

— Dire que nous croyions la Kamarg invincible... soupira Noblegent.

— Vous êtes trop certains de sa chute, dit alors une voix qui venait des escaliers. — D'Averc apparut alors, portant pour tout vêtement une chemise de nuit de couleur isabelle. — Avec un tel esprit, vous êtes bien capable de perdre. Vous pourriez au moins essayer de parler de victoire.

— Vous avez raison, Sire Huillam. — Le Comte Airain s'efforça de paraître plus joyeux. — Et nous pourrions goûter à ces excellents mets qui, soyez-en assurés, nous empliront d'énergie pour la bataille à venir.

— Comment vous portez-vous, D'Averc ? demanda Hawkmoon quand ils s'assirent autour de la table.

— Assez bien, dit faiblement D'Averc. Je crois que je vais pouvoir m'offrir quelques gourmandises.

Ce disant, il emplit son assiette de nourriture. Le dîner fut silencieux car la plupart des convives pensaient secrètement que ce pourrait bien être leur dernier.

Hawkmoon regarda par la fenêtre, le lendemain matin, pour voir les marais envahis d'hommes en armes. Les soldats du Ténébreux Empire avaient profité de la nuit pour se rapprocher des murailles et se tenaient maintenant prêts pour l'assaut.

Il se hâta de revêtir cotte et armure puis descendit dans la grande salle où il trouva D'Averc complètement équipé ; Oladahn était occupé à nettoyer son épée et le Comte Airain parlait tactique avec les deux seuls capitaines qui étaient encore en vie.

Yisselda apparut alors qui l'appela doucement :

— Dorian...

Il grimpa quatre à quatre l'escalier de pierre, qui menait à la galerie où se trouvait sa bien-aimée puis il la tint serrée contre lui.

— Dorian, dit-elle tandis qu'il lui baisait le front, soyons mariés avant...

— Oui, lui dit-il à voix basse. Allons trouver Noblegent.

Le philosophe lisait un livre dans ses appartements. Il leva les yeux vers eux et leur sourit, puis ils lui expliquèrent ce qu'ils désiraient. Il reposa son livre et dit :

— J'avais espéré une grande cérémonie, mais je vous comprends.

Il les fit joindre les mains et s'agenouiller devant lui pendant qu'il récitait les paroles qui avaient toujours été en usage au Château Airain dans de telles circonstances.

Quand tout fut accompli, Hawkmoon se releva et embrassa à nouveau Yisselda. Puis il dit : « Prenez soin d'elle, Noblegent », et s'en alla retrouver ses compagnons dans la cour du château.

Et ils combattirent toute la journée, défendant la ville malgré leur nombre sans cesse décroissant. Puis la nuit tomba et les troupes du Ténébreux Empire se retirèrent. Hawkmoon comprit, en voyant les maisons incendiées et les murailles percées, que le matin suivant leur apporterait la défaite.

Le Comte Airain, Hawkmoon et les autres revinrent péniblement au château, le cœur lourd à la pensée des innocents qui avaient été massacrés pendant la journée et de ceux qui le seraient le lendemain — si toutefois la chance de mourir leur était accordée.

Ce fut alors qu'ils entendirent un cheval galoper derrière eux ; ils se tournèrent aussitôt, l'épée à la main, pour découvrir l'étrange silhouette d'un cavalier qui se dirigeait vers le château. Il portait un heaume d'acier qui enfermait entièrement son visage et son armure semblait faite d'or et de jais. Hawkmoon fronça les sourcils.

— Que veut donc ce traître ? dit-il.

Le Guerrier d'Or et de Jais s'arrêta à côté d'eux.

— Salut à vous, défenseurs de la Kamarg, dit-il d'une voix vibrante et profonde. Je vois que la journée n'a pas été très bonne. Le Baron Meliadus sera vainqueur demain.

Hawkmoon s'essuya le front d'un morceau d'étoffe.

— Vous ne nous apprenez rien, Guerrier. Qu'êtes-vous donc venu dérober cette fois ?

— Rien, dit le Guerrier. Je suis venu vous apporter quelque chose.

Il tendit à Hawkmoon les sacoches qu'il croyait avoir perdues.

Hawkmoon se sentit plein de joie. Il ouvrit les sacoches pour regarder à l'intérieur et vit, enveloppé dans un morceau d'étoffe grossière, le précieux objet dont Rinal lui avait fait cadeau plusieurs mois auparavant. Il ôta l'étoffe et vit que le cristal était intact.

— Pourquoi donc me l'avez-vous volé ? demanda Hawkmoon.

— Allons au Château Airain et je vous expliquerai tout, lui répondit le Guerrier d'Or et de Jais.

Le Guerrier se tenait debout près de la grande cheminée tandis que les autres l'écoutaient, assis autour de la table.

— Au Château du Dieu Fou, commença le Guerrier, je vous ai abandonné parce que je savais que les bêtes du Dieu Fou vous mettraient hors de danger. Mais je savais aussi que vous feriez d'autres rencontres et que vous seriez finalement fait prisonnier. C'est pourquoi j'ai décidé de prendre avec moi le cadeau de Rinal pour le mettre à l'abri jusqu'à votre retour en Kamarg.

— Dire que je vous avais pris pour un voleur et un traître ! dit Hawkmoon, l'air confus. Pardonnez-moi, Guerrier.

— Quel est donc cet objet ? demanda le Comte Airain.

— Une machine très ancienne, dit le Guerrier, produit d'une des sciences les plus sophistiquées ayant jamais existée sur Terre.

— Une arme ? dit le Comte Airain.

— Non. Cet appareil permet d'envoyer de grandes portions de terrain dans un autre système de dimensions spatio-temporelles. Cela durera autant que la machine, mais si celle-ci doit par malheur se briser, l'espace et le temps habituels seront aussitôt réintégrés.

— Comment fonctionne-t-elle ? demanda Hawkmoon qui se rappela subitement qu'il n'en avait pas la moindre idée.

— Je ne puis vous répondre, car vous ne comprendriez rien aux paroles que je serais forcé d'employer, dit le Guerrier d'Or et de Jais. Mais Rinal m'a appris à la faire marcher.

— Dans quel but ? demanda D'Averc. Pour envoyer le Baron et ses hommes dans les limbes afin qu'ils ne nous ennuient plus ?

— Non, dit le Guerrier. Je vous expliquerai...

Les portes s'ouvrirent subitement sur un soldat en haillons qui pénétra dans la grande salle.

— Maître, cria-t-il à l'adresse du Comte Airain, le Baron Meliadus est venu avec le drapeau blanc. Il demande à vous parler sous les murs de la ville.

— Je n'ai rien à lui dire, répliqua le Comte Airain.

— Il dit qu'il a l'intention d'attaquer ce soir. Les murs de la ville tomberont en moins d'une heure car il vient de recevoir des troupes fraîches. Il dit aussi qu'il épargnera la population si vous lui livrez votre fille, Hawkmoon, D'Averc et vous-même.

Le Comte Airain réfléchit un instant mais Hawkmoon s'écria :

— Il ne sert à rien de considérer un tel marché. Nous connaissons trop bien le penchant de Meliadus pour la traîtrise. Il ne cherche qu'à démoraliser le peuple pour rendre sa victoire plus facile.

Le Comte Airain soupira :

— Mais si ce qu'il dit est vrai, et il m'est difficile d'en douter, il franchira bientôt les murailles du château et ce sera notre mort à tous.

— Ce sera du moins une mort honorable, dit D'Averc.

— Oui, dit le Comte Airain avec un sourire sardonique. Ce sera une mort honorable. (Il se tourna vers le courrier :) Dites simplement au

Baron Meliadus que nous ne souhaitons pas nous entretenir avec lui.

Le courrier s'inclina.

— Oui, seigneur.

Et il quitta la salle.

— Nous ferions mieux de retourner aux remparts, dit le Comte Airain en se levant.

Mais Yisselda entra alors dans la pièce.

— Ah, Père, Dorian, vous êtes saufs tous les deux.

Hawkmoon la prit dans ses bras :

— Mais il nous faut retourner, dit-il doucement. Meliadus est sur le point de lancer une nouvelle attaque.

— Attendez, leur dit le Guerrier d'Or et de Jais, je ne vous ai pas encore expliqué mon plan.

Chapitre XII

LA FUITE VERS LES LIMBES

Un large sourire se dessina sur les lèvres du Baron Meliadus quand il entendit le rapport de son courrier.

— Très bien, dit-il à ses suivants. La ville sera détruite et les survivants nous amuseront pendant les fêtes de la victoire.

Puis il fit demi-tour et se dirigea vers ses soldats.

— En avant, leur dit-il ; et il les regarda s'avancer inexorablement vers la ville et son château.

Il vit les feux sur les murs de la ville et les quelques soldats qui montaient la garde, sachant avec certitude que leur dernier jour était venu. Il vit les lignes gracieuses du château qui avait jadis protégé la ville avec tant de vaillance ; et il se mit à rire. Il se sentait le cœur en fête car il désirait cette victoire depuis le jour même où, deux années plus tôt, il avait été chassé comme le dernier des derniers.

Les troupes se trouvaient à présent à proximité des murailles et le Baron Meliadus éperonna son cheval afin de se rapprocher et de mieux jouir du spectacle.

Quand, tout à coup, il parut soucieux. Il y avait quelque chose d'étrange : peut-être était-ce un phénomène lumineux, mais les contours du château et de la ville s'étaient mis à trembler d'une manière tout à fait alarmante.

Il souleva son masque et se frotta les yeux, puis regarda à nouveau.

La silhouette du Château Airain et Aigues-Mortes parut luire, prendre d'abord des teintes rosées, rouges ensuite et écarlates, finalement. Le Baron Meliadus sentit la tête lui tourner et pensa qu'il était devenu fou.

Les troupes s'étaient arrêtées puis, murmurantes, avaient commencé à reculer. La ville tout entière, la colline et le château étaient à présent entourés d'une vive lueur bleutée. Quand le bleu disparut, le Château Airain et Aigues-Mortes disparurent avec lui. Puis un brusque souffle d'air se leva qui faillit jeter le Baron Meliadus à bas de sa selle.

Il cria :

— Gardes ! Que s'est-il passé ?

— Le château a... disparu, Seigneur, lui répondit une voix mal assurée.

— Disparu ! C'est impossible ! Comment une ville et un château peuvent-ils disparaître ? Ils se trouvent toujours là. Ils ont dû édifier un écran magique !

Le Baron Meliadus descendit au triple galop vers la plaine, puis ralentit son allure, s'attendant à rencontrer une barrière invisible ; mais rien ne l'arrêta et son cheval continua dans la boue de ce qui semblait être un champ récemment labouré.

— Ils m'ont échappé ! hurla-t-il. Mais comment ? De quelle science ont-ils profité ? Quel est donc ce pouvoir qui est plus grand que le mien ?

Les troupes faisaient déjà demi-tour. Le Baron Meliadus descendit de cheval puis, les mains tendues, chercha à toucher ce qui n'existait plus. Enfin, fou de rage et d'impuissance, il tomba à genoux dans la boue et tendit le poing vers ce qui avait été le Château Airain.

— Je te retrouverai, Hawkmoon, toi et tes amis. Je ferai venir tous les savants de Granbretanne et tu ne pourras pas m'échapper. Je te rattraperai, où que tu sois, sur cette terre ou au-delà, et tu connaîtras ma vengeance ! Je le jure par le Bâton Runique !

Puis il leva les yeux en entendant les sabots d'un cheval et crut voir passer en un éclair un cavalier portant une armure d'or et de jais. L'apparition éclata de rire et disparut comme elle était venue.

Le Baron Meliadus se releva péniblement et chercha son cheval.

— Ah, Hawkmoon, dit-il entre ses dents, je t'aurai !

Et il jura une nouvelle fois par le Bâton Runique, comme il l'avait déjà fait deux ans auparavant. Ce geste simple avait déclenché un processus historique que renforçait à présent ce second serment ; et que Meliadus ou Hawkmoon fût le plus favorisé des deux, leurs destinées étaient de toute façon unies par des liens plus étroits.

Le Baron Meliadus retrouva son cheval et regagna son camp. Il partirait demain pour la Granbretanne et les laboratoires secrets de l'Ordre du Serpent. Tôt ou tard, il découvrirait le moyen d'accéder au château évanoui.

Yisselda regardait par la fenêtre, le visage resplendissant de joie et d'émerveillement. Hawkmoon lui sourit et l'attira à lui.

Derrière eux, le Comte Airain toussa discrètement et dit :

— Pour vous dire la vérité, mes enfants, tout ceci me trouble quelque peu, je suis un peu étranger à cette... *science.* Je n'ai pas très bien compris où nous nous trouvions à présent.

— Dans une autre Kamarg, père, dit Yisselda.

La vue de la fenêtre n'était pas très précise. La ville et la colline étaient assez nettes, mais le reste du paysage se perdait dans la brume. Au-delà de la lumière bleue se trouvaient des roseaux et des marais d'une couleur nouvelle ; ce n'était plus les simples verts et jaunes de la Terre mais bien toutes les couleurs de l'arc-en-ciel. Seule leur substance semblait différente de celle du château et de la ville.

— Le Guerrier d'Or et de Jais a dit que nous devrions l'explorer, dit Hawkmoon. Ce paysage doit être plus tangible qu'il ne le paraît.

D'Averc s'éclaircit la gorge.

— Je crois que je ne quitterai ni la ville ni le château. Qu'en dites-vous, Oladahn ?

Oladahn sourit d'un air gêné.

— Je suis d'accord, j'attendrai pour cela de m'y être habitué.

— Eh bien, je suis avec vous, dit le Comte Airain en riant. En tout cas, nous sommes en sécurité. De même que le peuple. Ce n'est déjà pas si mal.

— Oui, dit Noblegent d'un air pensif. Mais nous ne devons pas sous-estimer les prouesses scientifiques de la Granbretanne. S'il existe un moyen de nous suivre en ce lieu, ils le découvriront, soyez-en assurés.

Hawkmoon hocha la tête.

— Vous avez raison, Noblegent. (Il tendit la main vers le cadeau de Rinal qui, posé au centre de la table, était entouré d'une étrange lumière bleutée.) Nous devons le mettre à l'abri. Souvenez-vous de ce qu'a dit le Guerrier : s'il est détruit, nous nous retrouverons dans l'espace et le temps habituels.

Noblegent s'approcha de la machine et la prit délicatement entre ses mains.

— Je veillerai à ce qu'elle soit en sûreté, dit-il.

Quand il eût quitté la pièce, Hawkmoon regarda à nouveau par la fenêtre tout en caressant l'Amulette Rouge :

— Le Guerrier a dit qu'il reviendrait un jour, chargé d'un message et d'une mission que je devrai accomplir. Je suis maintenant persuadé de servir le Bâton Runique et, quand le Guerrier reviendra, il me faudra quitter ce sanctuaire et revenir dans le monde. Vous devez vous préparer à ce jour, Yisselda.

— N'en parlons pas maintenant, lui dit-elle, et pensons plutôt à célébrer notre mariage.

— Oui, mon aimée, dit-il avec un sourire. Mais il ne pouvait s'empêcher de penser que, quelque part, séparé de lui par de subtiles barrières, le monde existait toujours et continuait de subir la menace du Ténébreux Empire. Il appréciait ce répit, ces heures qu'il pourrait passer avec la femme qu'il aimait ; mais il savait qu'il lui faudrait bientôt revenir sur Terre et affronter une fois de plus les hordes de Granbretanne.

Pour l'instant, en tout cas, il était heureux.

TABLE DES MATIÈRES

LIVRE PREMIER

LIVRE SECOND

Achevé d'imprimer en décembre 1992
sur les presses de l'Imprimerie Bussière
à Saint-Amand (Cher)

PRESSES POCKET - 12, avenue d'Italie - 75627 Paris Cedex 13
Tél. : 44-16-05-00

— N° d'imp. 3139. —
Dépôt légal : 2e trimestre 1979.
Imprimé en France

